DER SINGVOGEL DES DOMS

MILLIARDÄR LIEBESROMANE

MICHELLE L.

INHALT

Klappentext — v
Kapitel Eins — vii
Kapitel Zwei — xiii
Kapitel Drei — xix
Kapitel Vier — xxxi
Kapitel Fünf — xxxvii
Kapitel Sechs — xlv
Kapitel Sieben — li
Kapitel Acht — lxi
Kapitel Neun — lxxi
Kapitel Zehn — lxxix
Kapitel Elf — lxxxv

Epilog — 1

Veröffentlicht in Deutschland:

Von: Michelle L.

© Copyright 2021

ISBN: 978-1-64808-902-2

ALLE RECHTE VORBEHALTEN. Kein Teil dieser Publikation darf ohne der ausdrücklichen schriftlichen, datierten und unterzeichneten Genehmigung des Autors in irgendeiner Form, elektronisch oder mechanisch, einschließlich Fotokopien, Aufzeichnungen oder durch Informationsspeicherungen oder Wiederherstellungssysteme reproduziert oder übertragen werden. storage or retrieval system without express written, dated and signed permission from the author

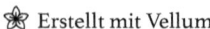 Erstellt mit Vellum

KLAPPENTEXT

Wenn Gwen Love singt, ist es, als ob du ihre Seele sehen kannst, aber glaub mir, wenn ich sage, dass ich andere Teile des Singvogels im Kopf habe. Sie hat das Gesicht eines Engels und einen Körper, der mich wie den schlimmsten Teufel in der Hölle fühlen lässt, und ich werde nicht zurückgewiesen. Sie ist die reine Unschuld, aber ich weiß es besser. Hinter diesen großen blauen Augen und diesem süßen Lächeln schlägt ein heißeres Herz als jedes andere, das ich je zuvor probiert habe, und sie hat keine Ahnung, was ich für sie auf Lager habe. Sie weckt Sehnsüchte in mir, die ich noch nie zuvor zu stillen versucht habe, also lass uns hoffen, dass wir beide die Flammen überleben!

In dem exklusiven Badeort von Donovan Fox tummeln sich dunkle und gefährliche Sehnsüchte. Er ist ein wohlhabender Mann mit der Welt zu seinen Füßen, und offen gesagt ist er gelangweilt von allem. Dann nimmt er das Penthouse in

Beschlag und trifft seine eigene Mitarbeiterin, Gwen Lovett, eine aufstrebende Sängerin. Er merkt, dass Gwen etwas an sich hat, das ihn wie ein Magnet anzieht, und Gwen erfährt, dass Donovan etwas in ihr weckt, das ihr den Atem raubt, so sehr, dass es ihr Angst bereitet.

Können der Milliardär und die Singvogelkellnerin gemeinsam das dunkle Wasser durchqueren und lernen, wie sehr sie lieben können?

Wenn es um Romantik und Liebe geht, sagt Donovan Fox, der mächtige Hotelmagnat, nur "Nein danke". Er mag seine Frauen weltlich und so gut im Spiel wie er ist, also wenn er auf eine süße und schüchterne Kellnerin trifft, die in einen überraschenden Zimmerservice gezwungen wird, findet er sie bezaubernd und nicht viel mehr.

Doch Gwen Love hat eine Stimme wie ein Engel, die Seele, die sich emporhebt, egal was sie niederschlägt, und eine sinnliche Ader, die zu etwas dunkel Primitivem in Donovans eigenem, meist kalten Herzen spricht.

Es wird Donovans einzige Mission, die blonde Sängerin in sein Bett zu verführen, aber während er nicht hinschaut, findet Gwen stattdessen ihren Weg in sein Herz. Können der Milliardär und der Singvogel einen Ort finden, an dem ihr Lied wirklich gehört wird?

KAPITEL EINS

Gwen

Es war die süße Flaute, nachdem der Mittagsansturm vorbei war und der Dinneransturm noch nicht begonnen hatte. Wir sollten mehr Besteck für die Tische einrollen. Stattdessen machten Andrea und Carly und ich eine kleine Pause im kleinen Innenhof vor dem Restaurant. Carly versteckte eine Zigarette in ihrer Hand, Andrea stritt mit ihrer Mutter auf Facebook, und ich versuchte nur, mich von der Masse der Leute vom Mittagessen zu erholen.

"Du siehst aus wie Hölle, Schatz", sagte Carly und blickte mich an. "Warst du wieder die ganze Nacht auf?"

Ich grinste reumütig. "Nicht die ganze Nacht."

Andrea blickte von ihrem Telefon auf, um mich anzustarren.

"Ich würde mich besser fühlen, wenn du wirklich für etwas Unterhaltsames aufbleiben würdest. War es wieder Musik?"

Ich verzog das Gesicht und Carly kicherte. "Das Lied über das Mädchen und den Vogel und den Mann?"

Ich seufzte, was so gut war, wie ja zu sagen. "Es kommt voran. Ich will nur, dass es perfekt ist, und.... das ist es nicht."

Andrea schnaubte. "So etwas wie perfekt gibt es auf dieser Welt nicht. Nicht, wenn es Rechnungen zu bezahlen gibt. Mach es gut genug und mach weiter."

Ich wusste, dass Andrea Recht hatte. Die Leute lebten nicht von perfekten Liedern. Sie schrieben viele Lieder, verfeinerten ihre Fähigkeiten, sangen sich den Mund ab, wann immer sie konnten, und wenn sie Glück hatten, wenn sie klug und schnell genug waren, konnten sie es schaffen.

So war ich aber nicht drauf. Ich wollte, dass dieses Lied perfekt ist, und trotz aller gegenteiligen Beweise dachte ich, dass ich es vielleicht dorthin bringen könnte. Vielleicht, wenn ich einfach genug Arbeit, genug Zeit, genug lange Nächte....

Carly unterbrach meine Gedanken mit einem sanften Ellbogen in meinen Rippen und einem Nicken zum Atrium. Gegenüber dem Restaurant im Innenhof befand sich die Hotellobby, wo wir Jet Setter aus aller Welt beim Einchecken beobachten konnten. Die sonnigen Strände Floridas brachten alle möglichen Leute in das Fox Hotel, Resort und die Suiten, aber ich konnte sofort erkennen, auf wen Carly zeigte.

"Sieh dir das an", sagte Andrea beeindruckt.

Der Mann, der das Hotel betrat, war gutaussehend, aber andererseits war es ein Luxusresort der Spitzenklasse. Wir sahen jeden Tag schöne Menschen. Dieser Mann war anders. Er war Ende dreißig oder Anfang vierzig mit einem schlanken Körper, der nur durch seinen gut geschnittenen Leinenanzug unterstrichen wurde. Sein dunkles Haar stand in krassem Kontrast zu dem blassen Anzug, der in einem modischen Schnitt geschnitten war, und als er lächelte, blitzten seine weißen Zähne auf. Für einen Moment war ich überzeugt, dass er uns gesehen hatte, oder besser gesagt, mich gesehen hatte. Unsere Augen trafen sich, und im Hinterkopf bemerkte ich, dass seine Augen so dunkel wie seine Haare schienen, fast unheimlich.

Dann drehte er sich halb um, um eine wunderschöne Rothaarige in einem smaragdgrünen Designer-Kleid zu begrüßen - eines, das aussah, als würde es ein Jahr meines Gehalts kosten, mindestens- und bot ihr seinen Arm und einen schnellen Kuss. Ich unterdrückte einen Seufzer. Natürlich war es lächerlich zu denken, dass er mich für einen Moment bemerkt hatte; wer auch immer er war, er unterhielt sich nicht mit einer einfachen kleinen Kellnerin.

Wir drei sahen zu, wie er die Lobby überquerte und von einer dunkelhaarigen Frau begrüßt wurde, die aussah wie frisch aus dem Pool, bekleidet mit einem langen und fließenden Überwurf. Meine Augenbrauen schossen bis zum Haaransatz, als ich sah, wie er ihr einen Kuss gab.

"Och, komm schon", murmelte ich. Der Mann, eine wunderschöne Frau an jedem Arm, nickte nur dem Concierge zu und fegte zu den Aufzügen zu den Penthouse-Suiten.

"Nun, das war wie ein Besuch des Königshauses", sagte Carly und fügte bei meinem verwirrten Blick hinzu: "Das war Donovan Fox."

"Der Besitzer des Hotels?" Das war eine zugegebene Überraschung. Ich hatte fast zwei Jahre im Hotel gearbeitet und nie viel über den Besitzer nachgedacht. Ich war zu sehr damit beschäftigt, über die Runden zu kommen. Wenn es mir jemals in den Sinn kam, nahm ich einfach an, dass er ein muffiger älterer Mann mit einer Golfgewohnheit war. Der Mann, den wir gerade in der Lobby gesehen hatten, könnte ein Golfer gewesen sein, aber das war sicherlich nicht das Spiel, das er gerade im Sinn hatte.

Andrea lachte über die leichte Röte auf meinen Wangen.

"Awwww, weiß das kleine Mädchen nicht, dass sie für eine verdammte Casanova arbeitet?", gurrte sie. "Dieser Mann bekommt mehr Frauen als alle Kennedys zusammen."

"Hör auf, du bringst sie in Verlegenheit", schimpfte Carly.

"Ich bin überrascht, dass du ihn hier noch nie gesehen hast, Gwen. Er taucht auf, normalerweise mit einer oder zwei schönen Frauen an seinem Arm, überprüft, ob die Dinge gut laufen, und zieht dann nach ein paar Wochen weiter. Er wird wie ein König behandelt, aber er gibt ein gutes Trinkgeld."

"Das ist doch gut", sagte ich zweifelhaft, und Andrea legte mir einen Arm über die Schultern.

"Willst du dich bei Donovan Fox einschmeicheln, Schätzchen? Wenn du ihm ein schönes Lied singst, macht er dich vielleicht berühmt, was?"

"Oh Gott, nein." Ich schubste sie weg. "Als ob sich der Mann einen Dreck um meine Stimme scheren würde."

Andrea grinste. "Stimmt wohl. Sein körperlicher Appetit ist legendär. Ich wette, er könnte dich und deine sexy Kehle zum Singen bringen..."

"Hey, wir brauchen noch 80 Besteckrollen vor dem Essen!" schrie Gus von innen.

Alle drei von uns verzogen das Gesicht bei der Aufforderung unseres Chefs und wir standen auf, um zurück ins Restaurant zu gehen.

Als ich wieder an die Arbeit ging, dachte ich wieder an Donovan Fox. Der Satz schön wie der Teufel schwebte mir durch den Kopf, und der Schauer, der mir über den Rücken lief, erschreckte mich. Mein Verstand driftete zu dem, was er wahrscheinlich gerade mit den beiden wunderschönen Frauen machte, und dann zwang ich mich, zur Arbeit zurückzukehren.

Ich hatte absolut nichts mit Donovan Fox zu tun. Er kannte mich nicht, das würde er nie. Ende der Geschichte.

∽

"Gus, ich mache keinen Zimmerservice, ich bin Kellnerin!" Protestierte ich, aber der Restaurantmanager hörte offensichtlich nicht zu.

"Und ich bin kein Koch, aber trotzdem bin ich hier", knurrte er und beendete die Teller, die er vorbereitete. Er war vielleicht kein Koch, aber für mich sah es gut aus, Würstchen und Eier und Toast mit einer kleinen Schüssel sorgfältig geschnittener Früchte. Die silberne Abdeckung knallte auf das Ganze, und ich zuckte ein wenig.

"Das ist nicht mein Job", wiederholte ich, und Gus schüttelte den Kopf.

"Das ist ein Sonderfall. Bring einfach das Essen ins Penthouse, und das war's. Das Hauspersonal wurde von der Grippe heimgesucht, und es gibt sonst niemanden. Geh nach oben, gib das Tablett ab und komm zurück. Nicht schwer, also lass den Wutanfall schon sein."

Ich blickte finster, nahm ihm aber das Tablett ab und stolzierte hinaus.

Wenn ich ehrlich war, hatte ich irgendwie Angst vor dem Zimmerservice. Ich hatte viel zu viele Geschichten von Mädchen gehört, die von schrecklichen männlichen Gästen belästigt wurden, und das deckte nicht einmal einige der seltsamen Dinge ab, die Zimmerservice-Mitarbeiter sahen. Irgendwann im letzten Jahr wurde ein Zimmerservice-Mitarbeiter von einem echten Haustier-Geparden gebissen, den ein Gast eingeschmuggelt hatte. Ich konnte mit den Menschenmassen im Restaurant umgehen, aber etwas darüber, dass ich möglicherweise in einem Raum mit einem unangenehmen Gast gefangen war, machte mir Angst.

Nur dieses eine Mal, das wird schon nicht wehtun, sagte ich mir. *Rein, raus und du bist fertig. Das war's.*

Der Bestellschein sagte mir, dass ich in ein Penthouse liefern würde, und trotz meiner Angst genoss ich die schnelle Fahrt nach oben in dem eleganten holzverkleideten Aufzug. Eine ganze Seite war milchiges Glas, das mich über das Meer hinausblicken ließ.

Die Türen öffneten sich oben und zwei Frauen warteten auf den Aufzug, als ich ausstieg. Sie unterhielten sich gesellig, gut gekleidet und offensichtlich frisch geduscht, und ich hätte nicht daran gedacht, wenn ich sie nicht erkannt hätte. Sie waren die Rothaarige und die Brünette vom Vortag, und sie schenkten mir kein bisschen Aufmerksamkeit, als sich die Fahrstuhltür hinter mir schloss.

Ich schluckte schwer. In Ordnung. Ich hatte nicht erwartet, dem Hotelbesitzer heute Morgen das Frühstück zu liefern, aber das musste nicht seltsam sein. Geh rein, stell es ab, geh raus und geh zurück in meine Komfortzone.

Es gab nur eine Tür am Ende des kurzen Flurs, und ich sammelte meinen Mut zusammen und klopfte daran.

"Komm rein", kam eine raue Stimme und während ich mir sagte, dass ich mich beeilen würde, ließ ich mich hinein.

KAPITEL ZWEI

Donovan

Ich konnte nicht anders als einen kleinen Seufzer der Erleichterung herauszulassen, als Lisle und Ana mich zum Abschied küssten. "Haben wir dich erschöpft?" Ana neckte und ich grinste. "Natürlich hast du das," log ich. "Du musst mir etwas Zeit geben, um meine Kräfte wieder zu sammeln." Lisle schmollte ein wenig und küsste meine andere Wange. " Nur nicht zu lange", befahl sie. "Meine Dreharbeiten werden mich nur noch einen Tag in Florida halten."

Ich lächelte, denn so schön sie auch war, so schön wie sie beide waren, ich hatte kein wirkliches Interesse daran, eine von ihnen wiederzusehen.

Ich führte sie beide zur Tür, und dann setzte ich mich, etwas ratlos, an den Frühstückstisch am Fenster.

Ich sollte mich auf dem Gipfel der Welt fühlen. Verdammt, es sah wirklich so aus, als ich aus dem Fenster sah. Das Penthouse erhob sich zwanzig Stockwerke über dem Strand, und das blaue Wasser des Golfs erstreckte sich vor mir. Als ich in den

Zwanzigern war, hatte ich die Hotelimmobilien übernommen und sie zu einem weltweit agierenden Unternehmen ausgebaut, das sich an die Reichen und Mächtigen wandte.

Darauf hätte ich stolz sein sollen, und das war ich auch, aber im Moment war mir nur langweilig. Gelangweilt von den Hotels, gelangweilt von den schönen Frauen, mit denen ich gerade eine gute Nacht verbracht hatte, gelangweilt von allem.

Ein zögerliches Klopfen an der Tür ließ mich aufblicken und runzelte reflexartig die Stirn. Ich erinnerte mich nur schwach daran, dass ich den Zimmerservice bestellt hatte, obwohl das Essen mehr für die Frauen als für mich selbst war.

"Komm rein."

Die Tür öffnete sich und zuerst sah ich nur eine silberne Tablettabdeckung. Das Mädchen, das ihn hielt, war nicht groß, und sie ließ sich noch kleiner aussehen, indem sie ihren Kopf nach unten duckte und ihre Schultern hochzog.

"Wo soll ich das hinstellen, Sir?" fragte sie leise, und da war etwas an ihrer Stimme, das mich dazu brachte, mich umzudrehen, um sie genauer anzusehen. Es war eine reiche, kontrollierte Eigenschaft, die in ihrem schmalen Körper irgendwie fehl am Platz schien.

"Hier drüben auf dem Frühstückstisch, bitte."

Sie durchquerte den Raum, wo ich am Tisch wartete, ohne meine Augen zu treffen, und ihr Blick schlenderte über meine Figur und schaute auf die weite Leinenhose, die das einzige Kleidungsstück war, das ich trug. Ich lächelte ein wenig, als sie auf meiner nackten Brust und meinen Schultern verweilte.

Sie trug das sittsame olivgrüne Sarong-Top und den Rock des Kellners, aber es war schwer vorstellbar, dass sie mit einem plötzlichen Ansturm von Gästen beim Abendessen aufnehmen konnte. Sie stellte das Tablett vorsichtig ab und entfernte den Deckel. Ich schaute nicht auf das Essen, sondern auf sie und prüfte sie mit einer plötzlichen Neugierde.

"Ähm, brauchen Sie sonst noch etwas?" fragte sie, schluckte ein wenig und ich lächelte.

"Hast du Angst vor mir?"

Was auch immer sie erwartet hatte zu hören, es war nicht das. Ihre Augen flogen hoch, um meine zu treffen, und zum ersten Mal konnte ich ihr Gesicht deutlich sehen.

Sie hatte eine zarte Schönheit mit vollen Lippen und einer schwachen und natürlichen Röte auf den Wangen. Ihre Augen waren ein fast schockierend helles Blau, mit langen Wimpern umrahmt, und es war zu leicht, sich vorzustellen, wie sich diese Augen beim Küssen mit plötzlicher Erregung weiteten oder sich schlossen.

"Was ist das für eine Frage?", forderte sie und hielt den Tablettdeckel hoch, als wäre es eine Art Schild.

"Eine ehrliche", antwortete ich und lehnte mich in meinem Stuhl zurück. "Du bist hier reingekommen, als wäre es die Höhle des Wolfes, und du hast erwartet, lebend gefressen zu werden."

"Ich arbeite im Restaurant", sie schaute weg, "und wir sind nicht dazu bestimmt, Zimmerservice zu machen."

"Ist der Zimmerservice wirklich so schrecklich?" fragte ich neugierig, und sie errötete.

"Nun, man hört Dinge. Schlimme Gäste, hin und wieder wird ein Mädchen in einem Zimmer eingesperrt, dieses eine Mädchen wurde von einem Geparden gebissen...."

Ich blinzelte, denn was auch immer sie hätte sagen können, damit hatte ich nicht gerechnet.

"Was? Ein Gepard? Mädchen, die eingesperrt werden?"

Sie hob eine schlanke Schulter in einem Achselzucken. "Es gibt einen Grund, warum ich nervös bin. Der Zimmerservice ist irgendwie riskant."

Ich blickte finster, weil ich sicherlich nichts dergleichen gehört hatte.

"Danke, dass du mir davon erzählt hast. Es tut mir leid, dass es ein Grauen ist. Und ich versichere dir, dass ich nicht beiße." Während ich sprach, schweifte mein Verstand ab, dahin, wie geschmeidig ihre weiche Haut aussah. Ehrlich gesagt, ziemlich bisswürdig.

Sie muss etwas in meiner Stimme gehört haben, das sie beunruhigte, denn sie sah plötzlich besorgt aus.

"Es ist.... nicht so schlimm wie es wirkt. Bitte, ich mag meinen Job wirklich...."

Ich rollte mit den Augen, wie verängstigt sie plötzlich aussah.

"Hör auf, ich werde dich nicht feuern, weil du mir die verdammte Wahrheit gesagt hast", sagte ich, und sie nickte und sah immer noch nicht überzeugt aus. Ich seufzte, blickte auf ihr Namensschild.

"Gwen, richtig? Gwen, ich muss wissen, wenn solche Dinge passieren, damit ich sicherstellen kann, dass sie aufhören. Ich bin froh, dass du es mir gesagt hast."

Sie nickte, unüberzeugt. Es war wahrscheinlich das Beste, was ich tun konnte, und das Barmherzigste wäre, sie zurück in die Küche zu schicken. Aus irgendeinem Grund wollte ich das aber nicht tun. Stattdessen lehnte ich mich in meinem Stuhl zurück und sah sie an.

Schlank und klein, sie war nicht mein üblicher Typ; ich zog es generell vor, dass meine Frauen kurvenreich waren. Dennoch gab es etwas an ihr, das meine Aufmerksamkeit auf sich zog, das mich dazu brachte, die Hand auszustrecken und zu sehen, ob ich diesen ängstlichen Blick aus ihren Augen wischen konnte.

"Arbeitest du hier Vollzeit, Gwen?"

"Das tue ich, Sir."

"Nenn mich Donovan", befahl ich. "Wenn ich will, dass du mich Sir nennst, lasse ich es dich wissen."

Die Röte, die auf ihren Wangen dauerhaft schien, vertiefte

sich noch weiter, und etwas in mir erwachte. Ich fragte mich für einen Moment, wie es wäre, wenn sie mich Sir nennen würde, auf meinen nächsten Befehl wartete und mich mit Freude in ihren Augen anstelle von Angst ansah.

"Donovan", sagte sie, als würde sie den Namen in ihrem Mund ausprobieren, und da war wieder diese seltsame heisere Art in ihrer Stimme.

"Du arbeitest vielleicht Vollzeit hier, aber das ist nicht das, was du willst, oder?" fragte ich, meine Stimme leise. "Was willst du tun, Gwen?"

Sie schluckte, und ich konnte nicht anders, als aufzustehen und ihr nahe zu kommen. Sie roch nach Apfelshampoo und Salz; ich fragte mich, ob sie morgens im Meer geschwommen war.

"Ich will singen", sagte sie, und ich kicherte.

"Wie eine Sirene, die Männer zu ihrem Untergang auf den Felsen bringt...."

"Ich bin keine Sirene", sagte sie leise. "Ich denke immer mehr an Vögel, die vor Freude singen."

"Ein Singvogel und keine Sirene." Das passt zu dir, finde ich...."

Sie fing an, etwas zu sagen, aber sie keuchte, als ich meine Hand auf ihre Wange legte. Ihre großen Augen wurden noch weiter und ich konnte es irgendwie nicht ertragen, länger wegzubleiben. Ich drückte eine Hand auf ihren kleinen Rücken, zog sie näher an mich heran und lehnte mich nach unten, um sie zu küssen. Ich tat es langsam und gab ihr die Chance zu fliehen, wenn sie es wollte. Aber das tat sie nicht.

Die erste Berührung unserer Lippen war elektrisch, und ich wusste, dass sie es auch fühlte. Sie war nicht mehr steif und nervös, sondern schmolz gegen mich, eine kleine Hand kam hoch, um sich an meiner Brust auszuruhen. Sie war weich und süß unter dem Kuss, aber als ich fühlte, wie ihre Zunge herauskam, um über meine Unterlippe zu streichen, konnte ich die Leidenschaft in ihr spüren.

"Perfekter kleiner Singvogel, ich könnte dich zum Singen bringen", murmelte ich und zog sie näher an mich heran. Sie schmeckte wie der reine Himmel, und ich fühlte mich, als ob ich sie für immer hätte küssen können.

Dann brach ein lebhaftes Glockenspiel durch den sinnlichen Dunst, mein Telefon ging los, und mit einem Keuchen zog sich Gwen zurück, eine weinartige Röte auf ihre Lippen. Sie sah erschrocken und misstrauisch und bedürftig zugleich aus, und wenn sie nicht zurück zur Tür gestolpert wäre, hätte ich das Telefon ignoriert und angefangen, sie wieder zu küssen.

"Ich.... ich sollte zurück ins Restaurant gehen", stotterte sie. "Du solltest rangehen."

Ich spielte mit der Idee, ihr zu sagen, sie solle genau dort bleiben, wo sie war, aber ich merkte, dass das vielleicht zu viel und zu schnell war. Also nickte ich, atypisch gegen meine Wünsche. Und Instinkte.

"Das Restaurant lässt dich dein Outfit etwas anpassen", sagte ich und zeigte auf ihre düstere Uniform. "Du solltest etwas Farbe ins Spiel bringen. Stumpf und schlicht steht dir nicht, kleiner Singvogel."

Ich drehte mich um und hörte ihren Atem stocken. Dann gingen ihre leichten Schritte zurück, die Tür klickte auf, dann schloss sie sich, und sie war weg, so dass ich mich mit einem Morgen voller Besprechungen und Meetings beschäftigen musste. Aber etwas an ihr verweilte, und ich beschloss, dass ich Gwen wieder sehen würde.

KAPITEL DREI

Gwen

Als ich aus dem Penthouse stolperte, sagte ich mir, dass ich nicht mehr an Donovan denken würde. Ich würde nicht daran denken, wie ich mich gefühlt hatte, als er mich berührte, wie er mich so geküsst hatte, dass meine Knie schwach wurden, was ich mit ihm gemacht hätte, wenn das Telefon nicht geklingelt hätte.

Ich wusste, dass Carly sagen würde, dass es ein weiterer Arschlochgast war, der tat, was er wollte, während Andrea darüber spekulieren würde, ob ich Geld oder Schmuck daraus bekommen könnte. Also erzählte ich keinem von ihnen, was im Penthouse mit Donovan Fox passiert war, aber es war nicht nur, weil ich nicht hören wollte, was sie zu sagen hatten.

Es gab auch einen Teil von mir, der aus irgendeinem seltsamen Grund den Vorfall für mich behalten wollte. Es war nicht nur, weil es privat war, und es war nicht, weil ich mich schämte. Der Kuss war fordernd, aber nicht erzwungen. Wenn ich es nicht gewollt hätte, wußte ich, daß er aufgehört hätte. Donovan

Fox kam mir nicht wie ein Mann vor, der sich für Frauen interessierte, die ihn nicht attraktiv fanden.

Stattdessen hatte es etwas an dieser Begegnung gegeben, das ein seltsames Glühen in mir hinterlassen hatte, eine züngelnde Flamme, die ich nur beibehalten konnte, wenn ich sie beschützte. Es erwärmte mich, als ich meinen arbeitsreichen Tag hinter mich brachte, obwohl ich wusste, dass Mr. Fox - Donovan - abreisen würde und dieser Kuss wahrscheinlich das Einzige sein würde, was wir je teilten. Es war genug für mich.

Ein paar Tage später, als ich auf den Bus wartete, der mich von meiner Wohnanlage zum Hotel bringen sollte, fuhr ein älterer Mann einen Blumenwagen die Straße hinunter. Es waren strahlende, prachtvolle Blüten, Pink und Violett und Blau, und ich hielt ihn spontan an. Er lächelte, als ich schüchtern eine violettblaue Blüte nahm und sie hinter mein Ohr steckte, bevor ich dafür bezahlte.

"Sehr hübsch", sagte er und ich lächelte.

Als ich im Hotel ankam, schwärmten alle von den Veränderungen im Zimmerservice und der Gastfreundschaft. Ein Teil des Managements war gefeuert worden, und jetzt galt die Regel, dass der Zimmerservice immer aus zwei Personen bestehen sollte, die Runs machen, nie aus einem.

Ich fiel auf das Gespräch zurück, das ich mit Donovan geführt hatte. Hatte er das Management mit der Gepardengeschichte konfrontiert? Vielleicht hat meine zufällige Begegnung mit Donovan doch etwas Gutes bewirkt.

Ich habe es meistens vermieden, an ihn zu denken. Einige Kellner waren mit der Grippe, die sich durch das Hauspersonal verbreitet hatte, infiziert worden, so dass ich zu beschäftigt war, um mehr zu tun, als mich um die Kunden zu kümmern, besonders als es nach einem heftigen Sturm am Strand unerwartet schnell ging. Auf dem Weg in den Speisesaal mit mehr Menüs und einem strahlenden Lächeln, um die Kunden zu entschädigen, die wütend darauf waren, dass ihr Strandtag abgeschnitten wurde, erstarrte ich, als ich den Mann sah, der auch mit dem Regen reingekommen war.

Donovan saß allein an einem Tisch, ein paar Tropfen Wasser verdunkelten sein hellblaues Seidenhemd. Er sah mich an, als ich mich ihm näherte. Es war schließlich mein Job. Trotzdem fühlte es sich an, als würde ich irgendwie in seine Flugbahn gezogen, als seine dunklen Augen mich beobachteten.

"Du hast meinen Rat befolgt", beobachtete er, als ich an seinem Tisch ankam, und meine Hand kam hoch, um die Blume nervös zu berühren.

"Andrea und Carly sagten, es sei süß", sagte ich schüchtern. "Ich hatte Angst, dass es mich wie einen Zwölfjährigen aussehen lässt...."

"Andrea und Carly haben Recht, und nein, du siehst überhaupt nicht aus wie ein Kind."

Seine Augen wanderten auf und ab, als wären wir ganz allein, und ich klammerte mich etwas näher an die Speisekarten und schluckte kräftig.

"Ich sollte dir von den Specials erzählen", sagte ich leise, und er nickte, ein leicht amüsiertes Lächeln auf seinem Gesicht.

"Das solltest du", sagte er, und ich fühlte mich, als wäre ein Zauber gebrochen worden.

Nachdem er bestellt hatte, bin ich in die Küche zurückgekehrt. Alles, woran ich denken konnte, waren die beiden Frauen, die sein Zimmer verlassen hatten, als wir uns das erste Mal getroffen hatten, wie glamourös und schön sie waren. Es schickte einen seltsamen Neid durch mich, und ein Selbstmitleid, das ich mit einem harten Gesichtsausdruck abschüttelte.

Was zum Teufel habe ich mir nur dabei gedacht?

Als ich meine Stimmung unter Kontrolle hatte, ging ich durch den Speisesaal, nahm andere Bestellungen entgegen, bedauerte die unglücklichen Strandbesucher und brachte das Essen so schnell heraus, wie das überwältigte Küchenpersonal es zubereiten konnte. Ich hatte keine Zeit zu trödeln, und Donovans Höflichkeit überraschte mich. Nach unserer ersten Interaktion hat er nicht versucht, mich weiter abzulenken. Ich brachte ihm sein Essen, er dankte mir, und ich eilte davon und spürte immer noch seine Augen auf mich.

Ich wusste nicht einmal, dass er es getan hatte, bis es Zeit zum Auszahlen war. Chuy's Augen weiteten sich, als er meine Trinkgelder zusammenzählte, und dann keuchte ich, als er mir mehr als 300 Dollar gab, mehr als die Hälfte von Donovan, und ich schluckte hart. Jeder im Hotel sprach davon, wie großzügig er war, aber ich hatte das Gefühl, dass da mehr dran war. Eine Mischung aus Aufregung und Sorge erfüllte mich. Ein so reicher Mann könnte leicht andeuten, dass er mich kaufte, wenn er nicht bis jetzt seine tadellosen Manieren gehabt hätte. Sogar der Kuss - der. Kuss. - hatte mir genügend Raum gegeben, um eine Entscheidung darüber zu treffen, ob ich es wollte oder nicht. Und das hatte ich auch. So sehr.

Gerade als ich auf dem Weg zu meinem Spind war, hielt Gus mich auf.

"Lieferung zum Penthouse", sagte er und zeigte auf einen Wagen, und ich runzelte die Stirn.

"Sollen wir jetzt nicht zu zweit fahren?"

"Das ist für den offiziellen Zimmerservice, und das bist du nicht. Schnell, rein und raus, und dann kannst du nach Hause gehen."

Ich war überhaupt nicht überrascht, als ich auf dem Bestellschein sah, dass es Donovans Penthouse-Suite war, und als ich den Aufzug hinaufging, fühlte ich ein Dutzend Schmetterlinge in meinem Bauch. Ich atmete tief durch, und bei seinem knackigen "Komm rein" wagte ich mich vorsichtig in den Raum.

"Ist dein Nachname wirklich Love?" fragte er, als ich seine Wohnung betrat.

Er war auf der Ledercouch im versunkenen Wohnzimmer ausgestreckt, sein Hemd bis zur Hälfte seiner muskulösen Brust aufgeknöpft und beobachtete mich mit hungriger Neugier, die mich weniger an Geparden denken ließ als an einen Löwen, der auf der Lauer lag.

" Ist es", sagte ich, stolz darauf, dass meine Stimme überhaupt nicht zitterte. "Glaub mir, ich habe alle Witze gehört, also außer du denkst, du hast einen neuen...."

Die Antwort kam aus meinem Mund, bevor ich sie aufhalten konnte, und ich schluckte ein erschrockenes Stöhnen. Seit wann rede ich mit jemandem, geschweige denn mit dem Mann, der mein Gehalt bezahlt hat?

Aber anstatt sich zu ärgern, lachte Donovan.

"Nein, alle, die mir einfielen, waren schrecklich, also ließ ich es sein. Steht dir."

"Die Blume?"

"Nein, der Name. Er steht dir."

"Wenn du es sagst", sagte ich zweifelhaft. "Wo möchtest du das Essen?"

"Auf dem Kaffeetisch ist gut. Hast du Hunger?"

Ich schüttelte den Kopf, als ich sein Tablett mit Käse, Obst und geschnittener Wurst abstellte. Dann rumpelte mein Magen und Donovan lachte.

"Lügner.... Deine Schicht ist vorbei. Komm, setz dich zu mir und iss was davon."

Ich hatte seit Mittag nichts gegessen, aber ihm etwas zu verweigern, war nicht einfach.

"Das ist wirklich nichts, was wir mit einem Gast tun sollten."

Wortlos reichte mir Donovan ein Stück hellen Käse auf einem dunklen Cracker, und ich sank auf das andere Ende der

Couch und biss dankbar hinein, als Donovan wieder sprach, und seine Augen träge über mich schweiften.

"Hast du einen Freund, Gwen?"

Ich biss mir auf die Zunge, schaffte es gerade noch, den Cracker nicht auszuspucken und starrte ihn an.

"Was ist das für eine Frage?"

Donovan gluckste. "Eine ehrliche, die eine ehrliche Antwort verdient, denke ich."

Da war ich mir nicht so sicher.

"Nun, nein, ich habe keinen Freund.... Warum willst du das wissen?"

Für einen Moment sah er mich an, als ob er sich fragte, von welchem Planeten ich komme.

"Ist das dein Ernst?", fragte er. " Du weisst nicht, warum ein Mann eine attraktive Frau fragt, ob sie sich mit jemandem trifft? Überhaupt keine?"

"Ich bin keine attraktive Frau", sagte ich unverblümt, "und ich hab die beiden Frauen gesehen, die dieses Penthouse vor ein paar Tagen verlassen haben. Also ja, ich schätze, ich weiß es nicht."

Er grinste ein wenig über meinen Ton und ich schaute ihn an. Ich begann weniger besorgt darüber zu sein, meinen Job zu verlieren, wenn ich das Falsche sagte, und mehr gefrustet von Donovan zu sein, weil er dachte, er könne alle Fragen stellen, die er wollte.

"Du liegst falsch", sagte Donovan. "Ich denke, du bist ziemlich attraktiv, und wenn der Kuss, den wir das letzte Mal geteilt haben, ein Zeichen ist, denkst du dasselbe über mich. Und obwohl du nicht die Sorte zu sein scheinst, die küsst, obwohl du einen Freund zu Hause hattest, war ich mir nicht sicher."

Ich knirschte mit den Zähnen und griff nach einer weiteren Scheibe Käse. Wenn ich mich mit ihm abgeben müsste und er dachte, ich wäre eine Art Betrügerin, könnte ich dafür auch gefüttert werden.

"Das ist schmeichelhaft", murmelte ich und er lachte wieder. Ich musste zugeben, dass ich das leise, heisere Geräusch genoss.

"Nun, viele der Frauen, mit denen ich es zu tun habe, haben nichts dagegen, ihre Liebhaber so zu betrügen."

"Dann musst du mit anderen Frauen ausgehen", erwiderte ich.

"Du liegst wahrscheinlich nicht falsch. Bis jetzt scheint es ziemlich gut für mich zu laufen. Was ist mit dir?", neckte er.

"Das Essen ist gut", gab ich widerwillig zu.

"Was ist mit dem Kuss?"

Wieder einmal wäre ich fast an einem Cracker erstickt. "Es war.... schön", murmelte ich.

"Oh, Singvogel", murmelte er und schüttelte den Kopf. "Du lügst mich schon wieder an. Ich denke, wir beide wissen, dass es viel mehr als das war."

Ich wich dieser Konversation aus. "Ich habe gehört, was du für den Zimmerservice getan hast. Danke."

Donovan nickte, ein schwacher Schatten stiehlt über sein Gesicht.

"Das war ein schlechtes Unterfangen, das schon lange vorher hätte gestoppt werden müssen."

"Ich bemerkte aber, dass das nicht für den Kellner gilt", sagte ich, und da war ein plötzlicher Schimmer in seinen Augen, der mein Herz ein wenig höher schlagen ließ.

"Nun, Kellner sollten überhaupt nicht in die Gästezimmer laufen."

"Und doch bin ich hier."

"Ja."

Er lehnte sich vor, die Augen auf meinen. Ich hätte ihn aufhalten können. Ich hätte aufstehen und ihm sagen können, dass ich fertig bin und nach Hause gehe. Egal, was die Vorsicht mir sagte, da war eine Stimme in meinem Hinterkopf, die sagte, er würde mich dafür nicht feuern.

Ich tat es nicht.

Stattdessen lehnte ich mich in die Hand, die hochkam, um die Seite meines Gesichts zu wiegen, und als er mich küsste, trennte ich meine Lippen für ihn.

Der letzte Kuss war schnell gewesen, wie ein Löwe, der sich auf seine Beute stürzte. Diese hier.... Ich fühlte mich verführt, als hätte mich der Löwe mit seiner goldenen Schönheit und seinem tiefen Grollen überzeugt, dass er zahm war.

Ich fühlte einen spannenden Stromschlag, als er mich küsste, und ich lehnte mich hinein und wollte mehr. Ich hatte schon früher Männer geküsst, natürlich, Freunde, Mutproben, und so weiter. Der Unterschied zwischen ihnen und Donovan war so groß wie der Ozean.

Ich konnte die Zähne in seinem Kuss spüren und mein Mund fühlte sich sinnlich zart und weich an. Er begnügte sich jedoch nicht damit, meinen Mund zu küssen, und ich keuchte ein wenig, als er meinen Kopf zur Seite neigte und gegen meinen Kiefer knurrte, bevor er eine Reihe von Küssen entlang meiner Kehle fallen ließ.

"Ich kann nicht", flüsterte ich. "Ich kann nicht...."

Er hielt inne und zog sich lange genug zurück, um mich anzusehen. Donovan allein war schon schön genug, aber Donovan erregt, mit diesem strahlenden Licht in seinen Augen und seinem durch unseren Kuss geröteten Mund, war äußerst verheerend.

"Warum?" fragte er vernünftig, und sein Ton war so freundlich, dass ich nicht anders konnte, als meine Arme um ihn zu werfen und mein Gesicht an seine Brust zu drücken. Nach einem erschrockenen Moment hüllte er mich in seine Arme.

"Hat dir schon mal jemand wehgetan?" fragte er, ein seidener

Faden der Bedrohung in seiner Stimme. Es dauerte einen Moment, bis mir klar wurde, worum er bat.

"Was.... nein! Nein, ganz und gar nicht. Es ist nur...."

"Nur...."

"Ich bin nicht... diese Art von Mädchen", sagte ich schwach. Es gab eine Hitze, die niedrig in meinem Bauch lag , und ein elektrisches Kribbeln, das über meiner Haut tanzte, aber ich schüttelte den Kopf.

"Was für ein Mädchen bist du dann?" fragte er und ich lachte ein wenig.

"Eine, die definitiv nicht in ein Penthouse gehört und ihren Chef küsst", sagte ich, und er machte ein Geräusch, das einem Schnurren verdächtig ähnlich war.

"Wenn ich dein Chef bin, heißt das nicht, dass ich dir sagen darf, was du tun sollst?"

"Ich..."

"Vielleicht sage ich, dass du hierher gehörst." Seine Stimme fiel und ich spürte, wie sich seine Lippen neben meinem Ohr bewegten, bevor er an meinem Ohrläppchen nippte. Der scharfe Piekser des Schmerzes erschreckte mich, ließ mich keuchen, und dann küsste er den Schmerz weg und leckte mit einer geschickten Zunge über mein Ohrläppchen.

Ich wollte antworten, aber was er mit seinem Mund tat, nahm mir den Atem und ließ mich näher an ihn klammern.

"Vielleicht sage ich, dass du zu mir gehörst, unter mir, dass ich dich berühren darf und dich gut fühlen lasse. Und glaub mir, Gwen, ich kann dich so gut fühlen lassen. Ich will dich hinlegen und berühren, dir genau zeigen, wofür dieser schöne kleine Körper gemacht ist."

Ich wimmerte ein wenig, als er mich gegen die Couch drückte und über mir schwebte, um einen Weg meinen Kiefer hinunter zu küssen. Seine geschickten Finger fanden die Knoten, die die Sarong-Spitze meiner Uniform an den Schultern geschlossen hielten, und küssten die nackte Haut, die sie dort offenbarte.

"Du schmeckst gut", murmelte Donovan zu mir. " Wusstest du das? Wie Salz und Honig und Süssigkeiten. Wie in aller Welt hat dich noch niemand aufgefressen?"

Ich versuchte, irgendeine Art von Antwort zu entziffern, aber dann streichelte er seine Zunge an meinem Schlüsselbein entlang und fand alle möglichen empfindlichen Stellen, von denen ich nicht wusste, dass ich sie hatte. Eine Hand war auf meiner Schulter, um mich zu stützen, und die andere streichelte mein Knie durch den dünnen Rock. Ich wollte seine Haut auf meiner nackten Haut, aber im Moment schien er sich Zeit zu nehmen und trieb mich langsam in den Wahnsinn mit der Lust, die er mir bescherte.

"Wenn ich dein Chef bin und du tun musst, was ich sage, möchtest du vielleicht Befehle annehmen, hm?" fragte er, und ich konnte nicht anders, als unter ihm zu erzittern. "Was, wenn ich dir befehle, dich für mich auszuziehen?"

"Warum?" Brachte ich heraus, und statt über mich zu lachen, lehnte er sich nur hoch, um mich wieder zu küssen. Dieser Mann konnte mir mit seinen Küssen den Atem rauben, und als er sich wieder zurückzog, hatte er Humor in den Augen, aber auch etwas Wildes und Bedürftiges.

"Weil ich dich sehen will", knurrte Donovan, seine Stimme heiser. "Weil du so schön bist, und ich will es für mich nackt sehen. Ich würde dich dazu bringen, dich umzudrehen, damit ich dich komplett sehen kann, und ich würde dich zurück ins Schlafzimmer marschieren lassen, auf mich warten, flach auf deinem Rücken, deine Arme und Beine ausgestreckt, denn nur ich kann dich berühren..."

Das Verlangen fuhr durch mich hindurch, als hätte jemand plötzlich einen Fluss freigelegt, und es machte mich fast schwindelig. Durch seine Worte konnte ich mir vorstellen, dass er all das in aller Klarheit tun würde. Das hat mich nicht schockiert. Was mich schockierte, war, wie sehr ich wollte, dass er es tat. Ich hatte immer gedacht, dass ich so etwas wie ein kalter Fisch sei, wenn es um Romantik ging, aber anscheinend waren es dieser Mann und seine Worte, die mich wie ein Schal entwirrten, bis ich völlig aufgelöst war...

Es war zu viel, und mit einem Aufschrei sprang ich von ihm weg und taumelte auf meine Füße. Einen Moment lang starrte er mich an, als wollte er mich nur zurückziehen. Dann kam ein reumütiger Blick über sein Gesicht.

"Nein?" fragte er, und egal wie panisch ich war oder schockiert, dass ich so offen für das war, wovon er sprach, ich konnte mich nicht dazu bringen, ihm Nein zu sagen.

"Ich.... ich muss gehen", sagte ich, die Worte stolperten aus meinem Mund. "Ich sollte.... gehen..."

"Wenn du willst", sagte er leise. "Aber es gab noch einen anderen Grund, warum ich dich hergebeten habe."

Ich blinzelte. "Den... gab's?"

"Ich habe dich online überprüft. Ich habe einige der Aufnahmen gefunden, die du gemacht hast."

Was auch immer ich erwartet hatte, das war es nicht. Ich hatte diese Aufnahmen zu Hause mit einem geliehenen Mikrofon gemacht, mit Blick auf eine Ecke meiner kleinen Wohnung, die mit Decken bedeckt war, um die Klangqualität zu verbessern. Ich war damals stolz gewesen, aber in kurzer Zeit hatte ich gesehen, wie amateurhaft sie im Vergleich zu dem waren, was andere Leute produzierten.

"Du bist gut", sagte er, "und ich möchte dich engagieren. Sing hier am Freitagabend. Ich treffe mich mit ein paar Leuten aus den Hotels in der Gegend. Ich denke, du hast eine gute Stimme, und ich möchte, dass du an diesem Abend singst."

"Ich.... ich habe nichts zum Anziehen zu etwas so ausgefallenem", platzte ich heraus, und dann schüttelte ich den Kopf. "Ich habe noch nie vor Publikum gesungen."

" Es gibt für alles ein erstes Mal."

Donovan griff in seine Brieftasche und schälte das, was wie dreihundert Dollar aussah, in meine Hand.

"Bitte sehr, die Kleidergebühr ist bezahlt, und am Ende der Vorstellung werden es weitere 300 sein. Falls du Anfragen annimmst, ich bin ein Fan von blau an dir."

"Du meinst es ernst", sagte ich langsam. "Du willst, dass ich für dich singe."

"Ich meine es immer ernst, Singvogel", sagte er, und obwohl sein Blick weich war, konnte ich diesen räuberischen Glanz dort immer noch sehen. "Freitagabend. Sei um zehn Uhr da. Ich erwarte dich."

KAPITEL VIER

Donovan

Eine Gruppe unabhängiger Millionäre dazu zu bringen, allem zuzustimmen, war wie Katzen hüten. Als das Essen vorbei war, war ich fertig mit allem. Ich hatte mir ein paar Fingerbreit Scotch eingeschenkt, als es schüchtern an die Tür klopfte. Als ich wusste, wer es war, hörte ich nicht auf zu lächeln, als ich hinüberging, um die Tür zu öffnen, dann hörte ich auf, als Gwen vor mir in all ihrer sanften, zarten Schönheit enthüllt wurde, diesmal in ein saphirfarbenes Kleid gehüllt.

Das Kleid fiel fast zu Boden, selbst mit den hohen Absätzen, die sie so nervös trug. Ich konnte das Gewicht der Nervosität sehen, als sie schüchtern den Raum betrat und einen nervös hoffnungsvollen Blick auf mich warf. Obwohl das Kleid sie vollständig von der Hüfte bis zum Boden bedeckte, war es tief genug geschnitten, um ihre leichten Wölbungen am Oberkörper zu zeigen, die Schultern blieben bis auf ein Paar schlanke, mit Juwelen besetzte Träger fast nackt. In ihren Haaren befanden sich ein Paar strahlend glänzende Strasssteinspangen, die das

Bild vervollständigten. Sie sah aus wie eine perfekte Mischung aus unschuldig und sinnlich, bis hin zu dem rosa Lippenstift, der so kunstvoll aufgetragen wurde. Wer auch immer diese Andrea war, sie hat wahrscheinlich eine Gehaltserhöhung verdient.

"Ist das in Ordnung?" fragte Gwen leise, und ich streichelte ihre Wange.

"Du siehst umwerfend aus."

"Ich wollte nett aussehen. Für deine Gäste. Für dich. Ich möchte dich nicht in Verlegenheit bringen."

Ich lachte leise, lehnte mich hinunter, um ihre vollen Lippen mit meinen eigenen zu bürsten, hielt absichtlich die Berührung leicht, oder ich wusste, dass wir die Wohnung nie verlassen würden. "Du könntest mich nie in Verlegenheit bringen."

"Du hast mich nie live singen gehört", flüsterte sie in den Kuss und ich zuckte mit den Achseln, als ich mich zwang, wegzugehen.

"Du scheinst eine gute Wahl zu sein."

Es sah aus, als wollte sie etwas anderes sagen, aber sie schüttelte den Kopf.

"Wo soll ich hin?", fragte sie. "Sollte ich etwas Sanftes singen, wenn Leute reinkommen, oder...."

Ich war plötzlich versucht zu sehen, ob ich sie dazu bringen konnte, auf dem Tisch zu stehen. Diese Vision gefiel mir, wie ich sie zur Schau stellte, die Schönheit, die im normalen Leben so leicht zu übersehen war, strahlend wie ein Weihnachtsbaum. Würde es ihr gefallen? Würde sie Angst haben? Wie leicht wäre es dann, meine Hand über ihr schlankes Bein zu streichen und sie erzittern zu lassen, bevor sie es höher schiebt....

"Warum stellst du dich nicht da drüben hin?" Sagte ich stattdessen. "Mit dem Rücken zum Fenster. Ich denke, das wäre umwerfend."

Sie bewegte sich gehorsam und gab mir nur einen neugierigen Blick, als ich mich auf der Couch nicht so weit weg legte.

"Sollte ich...."

"Fang mit etwas Weichem an", schlug ich vor. "Gib dir Zeit, um zu etwas Beeindruckendem zu kommen."

Sie lächelte mich an und nickte. Ich beobachtete, fasziniert, wie sich ihre Augen flatternd schlossen und sie sich zu sammeln schien.

Dann fing Gwen an zu singen und ein Schauer lief mir über den Rücken. Ihre Stimme war leiser, als ich dachte, und sie hatte etwas Vollkommenes und Wahres an sich. Sie zog die Noten mühelos aus der Luft, und als sie von einer Liebe sang, die niemals sterben würde, und von der Verlassenheit eines Liebhabers, konnte ich etwas in mir spüren, das sich anfühlte, als ob es mein ganzes Leben lang geschlafen hätte.

Sie glaubt es, wurde mir klar. Ihr Können war beeindruckend, ihr natürliches Talent umso mehr, und als sie mit dem Rücken zum weiten dunklen Golf stand, konnte ich auch den Herzschlag des Liedes in ihr spüren.

Gott, wie wohl ein richtiger Auftritt sein muss, wenn sie jeden Abend die Süße und den Schmerz ihrer eigenen Lieder spürte?

Ich hörte zu, berauscht, wie das Lied endete, und dann begann ein neues. Dieses war genauso sanft, aber es hatte eine Art Lebensfreude. Ihre Augen öffneten sich, blau wie das Sommermeer, und ich zog meinen Atem an, als sie anfing, für mich zu singen, oder so fühlte es sich an. Als sie davon sprach, wie gut es sich anfühlte zu lieben und geliebt zu werden, lächelte ich, und ich konnte keinen Schatten der Trauer in ihr finden.

Als das Lied endete, verloren ihre Augen langsam etwas von ihrem Glück und ich fühlte einen kurzen Kick des Bedauerns, dass ich mein übliches Arschlochselbst war.

"Es kommt niemand, oder?" sagte sie leise.

Ich schüttelte den Kopf. "Mein Treffen war vorhin in einem sehr unvergesslichen Restaurant. Es wäre viel unterhaltsamer gewesen, wenn du für mich gesungen hättest."

Eine Reihe von Emotionen jagten sich über ihr Gesicht, Wut, Frustration, Trauer, eine Art wilde Spekulation, und dann versteckte sie sie wieder, ihr Gesicht blass und neutral in einer Weise, die mir weh tat.

"Warum hast du mich dann eingestellt?"

Weil ich nicht von dir weggucken kann.

"Ich habe dich angeheuert, um für mich zu singen."

"Ist das alles?" fragte sie so nervös, dass ich leicht lachte.

"Schöner kleiner Singvogel, glaub mir, wenn ich sage, dass ich keine Gesellschaft kaufen muss."

Gwens Augen verengten sich und ich war erleichtert, wieder etwas Leben in ihnen zu sehen. "Ich war aufgeregt wegen meines ersten Live-Auftritts, Donovan. Ich habe tagelang geübt. Ich dachte, du glaubst wirklich, dass ich gut genug bin, um--"

"Stopp", warnte ich, stehe auf, aber nähere mich ihr nicht. "Ich habe nur gelogen, weil ich nicht daran interessiert war, dich mit jemandem zu teilen. Nicht, weil du nicht talentiert bist, Gwen. Du bist es, überaus. Ich konnte es an den Videos erkennen, und jetzt gerade hast du mich umgehauen."

Es gab immer noch einen Hauch von Schmerz in ihren Augen, den ich plötzlich verzweifelt auslöschen wollte.

"Sing noch mal für mich", drängte ich. "Nicht, weil ich dich bezahle, Gwen." Aber weil ich hier stehen und dir zuhören will. Ich muss."

Hätte sie abgelehnt, weiß ich nicht, was ich getan hätte, aber dann atmete sie langsam durch und fing wieder an.

Ich verlor mich in ihrer Stimme. In ihr. In der Art, wie sie sich nicht verschonte, als sie auftrat. Wenn sie das Gefühl eines Liedes verspürte, umhüllte sie es so schön wie das Saphirkleid und wandelte von Süße zu Freude zu Trauer und wieder zurück. Ihr ganzes Wesen schien zu vibrieren, als ihre kraftvolle Stimme mit jedem Lied stärker wurde und die Wohnung erfüllte. Mich erfüllte.

Schließlich hörte sie auf und griff nach einem Glas Wasser, das ich ihr zur Verfügung gestellt hatte. Da war ein Funke des Trotzes in ihren schönen Augen.

"Nun?" fragte sie. "Ist es das, was du wolltest?"

"Nein", gab ich zu, aber unter anderen Umständen hätte ich sie gern singen hören wollen, bis die Welt untergegangen ist. "Dein Gesang gehört auf die Bühne der Welt, aber das ist nicht alles, was ich von dir will."

Ich beobachtete sie, um zu sehen, ob sie sich zusammenreißt und rausgeht. Stattdessen wankte sie, blickte zur Tür, blickte mich an. Ihre offensichtliche Unsicherheit hat mich auf eine Art und Weise bewegt, die ich selten erlebt habe.

"Komm her", sagte ich leise und war erleichtert, als sie langsam die Distanz überquerte. Ich sah an ihr auf und ab, etwas, das ihr wieder diese schöne Farbe in die Wangen trieb, und lächelte ihr in die Augen.

"Es gibt absolut keinen Makel in dir", sagte ich ihr. "Ich könnte für immer hier stehen und zuhören. Ich könnte für immer hier stehen und schauen."

"Ich bin nicht...."

"Nein." Mein scharfes Kommando erschreckte sie sichtlich zum Schweigen.

"Du wirst mir bei etwas nicht widersprechen, von dem ich weiß, dass es wahr ist. Das hat Konsequenzen."

Sie leckte ihre Lippen und ich konnte mich grade noch zurückhalten. Bald.

"Und was sind das für Folgen?" fragte sie, ihre Stimme weich und heiser. Wusste sie überhaupt, wie schön sie aussah?

"Was immer ich für das Verbrechen angemessen finde", sagte

ich leicht. "Vielleicht den Hintern versohlen. Vielleicht ziehe ich dir das Kleid aus und fahre dich in Unterwäsche nach Hause."

Sie schauderte, und zuerst dachte ich, dass sie daran dachte, all ihre köstlichen Reize freizulegen, aber dann schaute sie mich an, ihre blauen Augen weit und sehnsüchtig.

"Bring mich nicht dazu, zu gehen", sagte sie, ihre Stimme sehnsuchtsvoll, und jede Entschlossenheit, die ich aufbringen musste um das hier hinauszuzögern, zerbrach.

Ich nahm ihre Hand und zog sie gegen mich und küsste sie grob. Sie wimmerte ein wenig, als meine Zähne gegen ihre weiche Lippe drückten, aber sie klammerte sich immer noch mit all ihrer Kraft an mich.

"Ich will dich", sagte ich ihr zwischen den Küssen. "Ich wollte dich, seit ich dich das erste Mal sah. Wenn du gehen willst, tu es jetzt, denn sonst lasse ich dich erst morgen früh aus dem Bett."

Sie machte keine Pause. Stattdessen drückte sich Gwen noch näher an mich heran, ihre Küsse schüchtern, aber hungrig.

"Bitte", sagte sie, und als ich sie näher zu mir zog, fragte ich mich, ob ich sie jemals gehen lassen könnte.

KAPITEL FÜNF

Gwen

Ich wusste, dass es Wörter für Sänger gab, die mit ihren Klienten schliefen. Keines von ihnen war freundlich, und alle konnten eine Karriere beenden, bevor sie überhaupt begonnen hatte. Aber alles, was mir im Moment wichtig war, war Donovans heißer Mund auf meinem, sein starker und fester Körper unter mir.

Als er stand und mich gegen seine Brust hielt, keuchte ich über die Bewegungen seiner kraftvollen Muskeln, die sich um meinen Körper legten.

"Du fühlst dich perfekt an in meinen Armen", murmelte Donovan. "Genau so, wie ich es mir vorgestellt habe, und ich habe es mir oft vorgestellt, Gwen."

Ich errötete und er küsste mich fest, als er mich ins Schlafzimmer trug. Es wurde von einem riesigen Bett beherrscht, das sich von Wand zu Wand zu erstrecken schien, und als er mich darauf legte, seufzte ich vor Freude. Es war purer Luxus, auf dem Bett zu liegen und ihm zuzusehen, wie er sich am Rande des Bettes bewegt.

"Dein Atem blieb hängen, als ich davon sprach, dich nackt nach draußen gehen zu lassen", sagte er fast beiläufig, und ich schluckte.

"Das wäre peinlich, nicht wahr?" fragte ich und er sah mich amüsiert an.

"Ist das alles, was es wäre?"

Ich wusste, dass er sah, wie ich meine Beine enger zusammenpresste und ein wenig zappelte.

"Nein", gab ich zu, und Donovan lachte.

"Ich denke, wir werden heute Abend eine schöne Zeit zusammen haben", sagte er und griff nach meiner Hand.

Ich gab sie ihm ohne nachzudenken und blinzelte dann, als er eine Seidenkrawatte um mein Handgelenk band.

"Donovan!"

"Vertraust du mir?", fragte er. Ich seufzte, denn er streichelte die Haut meiner Handfläche mit einem sanften Finger.

"Ja.... glaube ich."

"Gut. Alles, was wir heute Abend tun, ist dafür bestimmt, dass du dich gut fühlst, okay? Wenn du irgendetwas nicht magst, sprich lauter.... aber ich denke, das wirst du."

Er wartete, bis ich nickte, um das andere Ende der Krawatte am Kopfteil festzuhalten. Meine andere Hand erhielt die gleiche Prozedur, und innerhalb von Sekunden wurde ich an die Matratze gefesselt, meine Arme streckten sich über meinen Kopf. Donovan hielt kurz an, um mich anzusehen, und ich wimmerte ein wenig angesichts seines erhitzten Blicks.

"Perfekt. Einfach perfekt."

Ich öffnete meinen Mund, um ihm zu sagen, dass er offensichtlich falsch lag, aber der räuberische Blick in seinen Augen ließ mich meinen Mund schließen. Ich fragte mich, ob er seine Drohung, mich ohne mein Kleid aus der Tür gehen zu lassen, wirklich wahr machen würde, aber mir wurde klar, selbst wenn er das nicht tun würde, würde er mir definitiv den Hintern versohlen....

"Gutes Mädchen", kicherte er, als würde er meine Gedanken lesen. "Sehen wir uns das Kleid an...."

Das Bett bewegte sich unter seinem Gewicht, als er sich zwischen meine Beine kniete. Er bewegte sich vorwärts, bis ich meine Beine weit spreizen musste, und selbst wenn mein Kleid mich noch bedeckte, konnte ich spüren, wie sehr ich ihm, seinen Augen, seinen Händen ausgesetzt war.

Da war ein Reißverschluss auf der Rückseite des Kleides, aber Donovan kümmerte sich nicht einmal darum. Stattdessen nahm er die juwelenbesetzten Träger in die Hand und zerriss sie, bevor er mein Kleid vorne aufriss. Ich keuchte sowohl über das heftige Reißgeräusch als auch über den plötzlichen Kontakt. Mein Verstand war entsetzt über die Zerstörung eines so teuren Kleides, aber dann war ich viel mehr darüber besorgt, plötzlich nur in meiner Unterwäsche vor Donovan zu liegen.

"Gott, so wunderschön", schnurrte er und setzte einen Kuss unter mein Schlüsselbein. "So perfekt...."

Diesmal konnte ich nicht antworten, weil sein Gewicht über mir, sein Mund auf mir, überwältigend war. Es fühlte sich alles so gut an, und ich wollte ihn überall anfassen, aber ich konnte nicht.

"Ich habe so an dich gedacht, genau so entblößt vor mir", murmelte Donovan. "Ich werde dafür sorgen, dass du dich so gut fühlst, Singvogel."

Ich fing an, etwas zu sagen, und dann konnte ich nur noch stöhnen, als er sich meinen Körper hinunterarbeitete und innehielt, um meine Brüste mit der sanftesten Berührung seiner Fingerspitzen zu streicheln. Ich hatte noch nie gedacht, dass meine Brüste so empfindlich sind, aber seine leichte Berührung ließ mich nach ihm sehnen und mich zu ihm wölben. Als er einen Mund auf meine Brustwarze legte, konnte ich mich nicht davon abhalten, laut zu wimmern, während er sie leckte, bis sie aufgerichtet war.

"So perfekt", murmelte Donovan, und vielleicht hätte ich mich dafür schämen sollen, wie intim er zu mir sprach, aber stattdessen fühlte ich einen seltsamen Stolz darauf, wie sehr er mich wollte.

Als Donovan sich meinen Bauch hinunter küsste, musste ich ein wenig kichern, und dann lächelte er das dunkle Spitzenhöschen an, das ich trug. Ich dachte, er würde sie abreißen, so wie er mein Kleid abgerissen hatte, aber stattdessen hob er meine Beine hoch und zog die Spitze nach unten. Er küsste meinen Schenkel, bevor er sie wieder hinlegte, und etwas an dieser Zärtlichkeit ließ mich aufseufzen.

"Jetzt will ich dich sehen", schnurrte Donovan, und ich keuchte, als er meine Beine spreizte.

Ich war noch nie so intensiv von einem Liebhaber betrachtet worden. Donovan behandelte mich, als wäre ich etwas Heiliges und Kostbares, und bevor er sich nach unten lehnte, um einen sanften Kuss auf meinen weichen Hügel zu legen, windete ich mich schon nach ihm.

Er streckte sich auf dem Bett aus, als hätten wir alle Zeit der Welt, und küsste meine weichen inneren Oberschenkel und die Stelle, wo meine Beine auf meinen Körper trafen. Neckisch streichelte er seine Zungenspitze an meinem Schlitz entlang und ließ mich ein wenig erschaudern. Als er meine Klitoris nur mit dem Daumen umkreiste, machte ich ein kleines sehnsuchtsvolles Geräusch, und er drückte seine Finger ein wenig fester gegen mich.

"Schau, wie nass du wirst, schönes Mädchen", murmelte er. "So nass und perfekt für mich...."

Er drückte einen Finger in mich, als er auf meine Klitoris drückte und ließ mich gegen seine Berührung aufbäumen. Gott, ich wollte ihn anfassen. Ich wollte meine Hände in diesem glatten, dunklen Haar vergraben, nicht um zu versuchen, mehr von diesem köstlichen Genuss zu bekommen, sondern um ihm einfach näher zu sein. Stattdessen war ich gefesselt und hilflos, etwas anderes zu tun, als dort zu liegen und die Lust zu genießen, die er mir anbot.

Bald schon presste er zwei Finger in mich und dann drei. Anstatt zurückzuschrecken, grub ich meine Absätze in die Matratze und drückte mich so gut ich konnte gegen ihn. Ich wollte ihn so sehr, dass ich seinen Namen in leisen Keuchen aussprach und kleine Geräusche plädierte, die ihn stöhnen ließen.

"Gott, aber du bist unwiderstehlich", sagte er und wischte sich den Mund mit dem Handrücken ab. "Ich wollte das hinauszögern, wollte, dass du mich um deine Erlösung anbettelst, aber ich glaube nicht, dass ich das kann...."

Es war berauschend zu wissen, dass ich ihn verführt hatte, auch wenn ich völlig hilflos war.

"Ich will dich", konnte ich nur wimmern. "Bitte. Halt dich nicht zurück....gib mir...bitte gib mir...."

Ich stotterte zu einem Halt, weil ich nicht sicher war, ob ich das aussprechen konnte.

"Ein anderes Mal", versprach er. "Ein anderes Mal werde ich dich niederlegen und dich genau beschreiben lassen, was du von mir willst. Es ist mir egal, ob es den ganzen Tag dauert. Ich werde dich dazu bringen, es zu sagen. Aber nicht heute."

Ich hatte nur einen Moment Zeit, um erleichtert zu sein, dass er nicht so grausam sein würde, aber dann zog er sich zurück und griff nach etwas vom Nachttisch in der Nähe. Zum ersten Mal seit er mich an das Bett gefesselt hatte, berührte er mich an keiner Stelle und die plötzliche Kälte ließ mich in Panik geraten.

Ich muss ein keuchendes Geräusch gemacht haben, denn er

war gleich wieder da, küsste mich und streichelte mir die Haare aus dem Gesicht.

"Keine Sorge, meine Schöne, ich werde dich hier nicht so zurücklassen. Das würde ich nie...."

Ich entspannte mich bei seiner Berührung und seinen Worten, und dann sah ich zu, wie er seinen Schwanz aus der Hose holte. Er lachte, als er mich dabei erwischte, wie ich meine Lippen leckte, aber ich weigerte mich, mich dafür zu schämen. Er war dick und hart, und die Art und Weise, wie er das Latex glatt strich, umhüllte die ganze primitive Härte..

"Bist du bereit, meine Schöne?" fragte er, und ich nickte heftig, unfähig zu sprechen.

Ich dachte, dass er mich dann losbinden würde, aber stattdessen berührte er nur sanft meine Hände, bevor er zwischen meinen Schenkeln niederknien ging.

"Meiner", murmelte er, und in seiner Stimme war eine mächtig besitzergreifende Note, etwas mehr als das, was er vorher gesagt hatte. Es lag beinahe ein Erstaunen in seiner Stimme, als er die Spitze seines Schwanzes gegen meine Öffnung drückte.

Als er in mich versank, seufzte ich voller Lust, meine Augen flatterten zu. Er füllte mich perfekt aus, und für einen Moment waren wir ganz still. Dann begann er sich zu bewegen, und die Lust wuchs nur noch größer und größer in mir.

"So gut", knurrte er, seine Stimme rau vor Leidenschaft. "Du fühlst dich so perfekt an..."

Ich hatte keine Worte mehr. Stattdessen waren alles, was ich hatte, die leisen Geräusche, die er aus mir herausdrängte. Ich wand mich unter ihn. Zu diesem Zeitpunkt wollte ich nur mehr von ihm haben. Ich hätte meine Seele verkauft, um ihn zu berühren, um nach ihm zu greifen.

Stattdessen war alles, was ich tun konnte, das Vergnügen zu nehmen, das in Wellen durch meinen Körper aufstieg.

"Donovan!" Schrie ich, und der Höhepunkt löste mich auf. Etwas daran, gefesselt zu sein, unfähig, mich zu bewegen oder nach ihm zu greifen, machte meinen Höhepunkt umso mächtiger, und ich schluchzte hilflos, als er durch mich fuhr.

"Schönes Mädchen", murmelte Donovan und lehnte sich hinunter, um meine Kehle zu küssen. "So schön...."

Ich erholte mich immer noch von der Wucht meines Orgasmus', als er weiter in mich eindrang. Ich spürte, wie seine Schübe mächtiger und unberechenbarer wurden, und dann stieß er ein letztes Mal in mich hinein und frierte für einen Moment. Dann, während ich ihn beobachtete, zerfiel er, so wie ich, und verschmolz mit mir.

Ich wusste, dass er ein Kondom trug, aber für einen Moment stellte ich mir vor, wie es wäre, wenn er es nicht täte, wenn ich fühlen könnte, wie er mich auf eine der absolutsten Arten beanspruchen würde.

Er legte sein Gewicht für einen Moment auf mich, und dann rollte er zur Seite. Einen Moment lang geriet ich in Panik, dass er mich wieder verlassen würde, aber stattdessen sah er mich an, eine Hand streckte sich beiläufig über meinen Bauch, als ob wir das immer so machen würden.

" Verrätst du mir etwas?" fragte er, seine Stimme heiser.

"Natürlich."

"Wenn ich dir jetzt alles geben könnte, was du willst, was wäre es dann?"

"Einfach", sagte ich lächelnd. "Ich möchte, dass du mich losbindest, damit ich dich anfassen kann."

Das Geräusch, das er machte, war ein purer männlicher Laut, und er griff nach den Krawatten, die mich gefangen gehalten hatten. Zu meiner Überraschung hielt er für einen Moment meine Hände in seinen, küsste jeden Finger, bevor er mich ansah.

"In Ordnung? Keine Taubheit oder so was?"

"Nein, überhaupt nicht."
"Gut. Ich will dir nicht wehtun, Gwen. Das will ich nie."
Ich wollte im Moment nicht daran denken, dass es weh tun könnte oder ähnliches. Alles, was ich wollte, war, ihm nahe zu sein, und so befreit, konnte ich das tun. Ich drückte mich dicht an seinen Körper, vergrub mein Gesicht in seiner Brust und seufzte vor Vergnügen.

"Das war es, was ich wollte", sagte ich, plötzlich schläfrig, und ich hörte ihn lachen.

KAPITEL SECHS

Donovan

Ich habe mein Versprechen an Gwen gehalten. Wir haben uns in dieser Nacht gründlich erkundet und sind beide kurz vor Sonnenaufgang eingeschlafen. Als ich aufwachte, strömte das Sonnenlicht durch das Fenster, warm und süß, und mir wurde etwas Merkwürdiges klar.

Ich hatte eine gute Zeit mit Frauen, und ich ging davon aus, dass sie eine gute Zeit mit mir hatten. Diese gute Zeit war aber meist etwas mit einem Verfallsdatum. Wir genossen die Gesellschaft des anderen und verließen uns dann am Morgen, um mit unserem jeweiligen Leben fortzufahren. Als ich zu Gwen blickte, die auf ihrer Seite mit einem Stohm aus goldenen Haaren um ihr Gesicht schlief, wurde mir klar, dass ich nicht wollte, dass sie geht.

Ich hatte schon lange keine Frau mehr in meinem Bett wie sie, die mich führen ließ und mich dann mit einer reinen und herrlich perfekten Antwort belohnte. Das war, was ich mir sagte. Irgendwo tief in mir wußte ich jedoch, daß es weit mehr als das war. Ich hatte noch nie jemanden wie Gwen gehabt, nie ihre Leidenschaft, ihre zarte Süße, ihre berauschende Kombination aus Unschuld und Sinnlichkeit.

Ich wollte es noch nicht verlieren.

Im Esszimmer machte ich ein paar Anrufe, und als das erledigt war, konnte ich hören, wie sie sich im Schlafzimmer bewegte. Ich kam gerade rechtzeitig zu ihr zurück, um zu sehen, wie sie das Kleid begutachtete, das ich ihr vom Leib gerissen hatte.

"Ich muss herausfinden, was ich anziehen soll, bevor ich nach Hause komme."

"Das ist kein Grund zur Sorge", sagte ich mit einem Achselzucken, obwohl mich der Gedanke, dass sie gehen würde, plötzlich nervös machte. "Zieh dir erst mal eines meiner Hemden an. Das Essen wird in ein paar Minuten hier sein."

Trotz ihrer Sorge um ihre Kleidung erhellte sich Gwen bei der Erwähnung des Essens, und ich war froh, dass ich dem Zimmerservice gesagt hatte, er solle ein wenig von allem auftischen.

"Geh duschen", sagte ich ihr. "Das Essen wird hier sein, wenn du fertig bist."

Während das Wasser lief, dachte ich darüber nach, wie es wäre, ihr hinterher zu gehen, in all dem heißen, dampfenden Wasser hinter sie zu treten. Würde sie sich von mir waschen lassen? Würde sie mich all die intimen Stellen berühren lassen, die ich so gut kennengelernt habe? Ich stellte mir vor, wie sie sich über das Waschbecken beugte, als ich sie von hinten nahm, und das war alles, was ich tun konnte, um dort zu bleiben, wo ich war und auf das Essen zu warten.

Sie kam in einem meiner Hemden heraus und sie nicht an Ort und Stelle zu überfallen, brauchte die ganze Kraft die ich in mir hatte.

Zuerst aßen wir in aller Stille, aber anscheinend war Essen das, was es brauchte, um ihre Zunge zu lockern.

"Das sieht alles so gut aus, und ich kenne nicht mal die Hälfte der Früchte hier.... Was ist das da?"

"Drachenfrucht", sagte ich lächelnd. "Versuch es, es ist gut und süß...."

Immer wenn sie etwas Neues probierte, bestand sie darauf, dass ich es auch probierte, und obwohl ich lachte, konnte ich fühlen, wie sich etwas in mir löste, entfesselte. Ich liebte es, meine Partner im Bett zu verwöhnen, aber das war normalerweise so weit wie es kam. Auf ein ganz eigene Art und Weise war es fast so intim wie die Nacht zuvor, mit Gwen Essen zu teilen und mich von ihr füttern zu lassen, mit dem, was auf ihrem Teller lag.

Aber zu früh war das Frühstück vorbei und Gwen seufzte.

"Ich schätze, ich muss anfangen, darüber nachzudenken, wie ich nach Hause komme", sagte sie. "Ich habe das Wochenende frei, aber ich weiß, du bist beschäftigt."

Bevor ich etwas sagen konnte, klopfte es noch einmal an die Tür. Gwen erstarrte, unsicher, was sie tun sollte, aber ich lächelte sie an.

"Keine Sorge. Ich erwarte sie. Bleib eben hier."

Ich kam mit beiden Armen voller Taschen zurück und legte sie auf die Couch.

"Hier, die sind für dich."

Sie blinzelte und kam rüber und wühlte schockiert in den Taschen. Ich sah in ihrem Gesicht Freude und Verwirrung, und schließlich wandte sie sich an mich.

"Hier muss Kleidung im Wert von mindestens 1.000 Dollar sein...."

"Ich wusste nicht, was du willst oder magst, also bat ich meinen Personal Shopper, ein paar Optionen zu bieten."

"Aber wie hast du...."

Ich hielt das Schildchen hoch, das ich von ihrem ruinierten Kleid abgeschnitten hatte. Es hatte ihre Größe drauf, aber Gwen sah immer noch verwirrt aus.

"Das ist zu viel", sagte sie und ich grinste.

"Nicht, wenn du mit mir nach Atlanta kommst."

Sie sah mich an, als wäre ich verrückt geworden, und ich lachte wieder. Es gab etwas, was mich an ihrer Überraschung erfreute.

"Was ist in Atlanta?"

"Eine Art Museumseröffnung. Es ist in meinem Kalender als etwas markiert, das ich auf keinen Fall verpassen sollte, und es würde mir nichts ausmachen, ein hübsches Date an meinem Arm zu haben. Wenn du ja sagst, kann ich dort für die passende Kleidung sorgen, aber diese Klamotten sollten ausreichen, um die Stadt zu sehen."

"Nun, sie würden ausreichen, wenn es mich fünf mal gäbe", sagte sie abwesend, und dann richtete Gwen diese außergewöhnlichen blauen Augen auf mich.

"Was ist das?" fragte sie leise.

Ich runzelte die Stirn.

"Was meinst du damit?"

"Nun, wir hatten.... eine unvergessliche Nacht, eine, die.... naja, unvergesslich war. Und erstaunlich. Aber jetzt kaufst du mir Kleidung und nimmst mich übers Wochenende mit...."

"Ist es nicht das, was Menschen tun, wenn sie sich mögen?" Ich fragte, aber wusste, worauf sie hinauswollte.

"Es ist die Art von Sache, die Leute tun, wenn ihre Beziehung ein wenig geschäftlicher ist, als ich es bevorzuge. Ich weiß, dass du gesagt hast, du bezahlst deine Frauen nicht...."

"Das ist keine Bezahlung", sagte ich. Ich konnte die Spannung in meiner Stimme hören, und sie zuckte ein wenig.

"Es fühlt sich ein wenig wie eine an", sagte sie hilflos. "Du musst wissen, dass ich dir auf keinen Fall etwas halb so Beeindruckendes geben kann."

"Du willst mir Geschenke machen?" fragte ich überrascht, und sie sah mich seltsam unbehaglich an, mit Unglauben und vielleicht sogar Mitleid vermischt. Es ließ mich erschaudern, während es etwas in mir machte, etwas, das ich nicht wahr haben wollte.

"Natürlich will ich das", sagte sie. Da war wieder diese Röte auf ihren Wangen, aber sie fuhr fort. "Wir.... wir haben etwas geteilt, was ich für etwas ganz Besonderes hielt. Vielleicht denkst du nicht, dass es das ist. Vielleicht mache ich mich nur lächerlich. Aber ja, ich will dir etwas Schönes geben."

Sie sah aus, als ob sie am Rande der Tränen stand, und das überstieg alles andere, was mich so vorsichtig sein ließ. Ich überquerte den Abstand zwischen uns mit wenigen Schritten, um sie in meine Arme zu ziehen. Sie roch nach meinem Shampoo und meinem Duschgel, aber darunter lag ihr eigener Geruch, etwas Liebliches und Süßes, fast wie Honig und Milch.

"Hör auf, dir darüber Gedanken zu machen", sagte ich leise. "Daran ist überhaupt nichts geschäftlich. Ich will dich bei mir haben. Ich möchte, dass du glücklich bist, wenn du es bist, und das beinhaltet, dir ein paar Klamotten zu kaufen, dich vielleicht auf eine Party mitzunehmen und etwas Spaß zu haben. Das ist nicht.... eine Art dunkles Arrangement, bei dem ich von dir erwarte, dass du genau das für ein paar verdammte Klamotten tust, was ich sage, Gwen."

Sie seufzte und drückte ihr Gesicht gegen meine Brust.

"Versprochen?" fragte sie leise, und das leichte Zittern in ihrer Stimme hätte mein kaltes schwarzes Herz in Stücke reißen können. Was hatte es mit dieser schönen jungen Frau auf sich?

"Das tue ich."

"Und lässt du mich dir ein Geschenk in Atlanta kaufen?"

Ich hatte alles, was ich je wollte, und wenn nicht, dann könnte ich es mir wahrscheinlich innerhalb von 24 Stunden liefern lassen. Aber der Blick in ihren Augen und die Tatsache, dass mir niemand, der keine finanzielle Beteiligung hatte, jemals Geschenke angeboten hatte, vereinte in meinem Kopf, als ich murmelte, "Ja".

KAPITEL SIEBEN

Gwen

Atlanta hatte eine anmutige und fast melancholische Eleganz. Wo ich in Florida herkam, war alles neu und oft auch hässlich. Atlanta schien an jeglicher Schönheit festzuhalten, egal wie alt sie war. Als ich das Donovan gegenüber erwähnte, lächelte er ein wenig.

"Ich habe Atlanta immer aus genau diesem Grund gemocht", sagte er. "Florida macht vielleicht mehr Spaß, aber Georgia hat tiefe, tiefe Wurzeln."

Er hatte uns in eine private Landebahn geflogen, meine erste Erfahrung mit einem Privatjet, und als wir in Georgia landeten, wartete ein schlankes, dunkles Auto auf uns.

"Wohnen wir in einem anderen Hotel?" fragte ich und er lächelte.

"Ich habe darüber nachgedacht, aber ich habe hier etwas Eigentum, das dir gefallen wird."

Das kleine Haus am Rande von Atlantas modischstem Viertel war wunderschön, umgeben von einem hohen Zaun, der mit schleichender Myrte bedeckt war, und obwohl es alle modernen Ausstattungen hatte, war klar, dass die Form des Hauses die Zeit überdauert hatte.

"Gute Knochen", sagte Donovan, als ich mir das ganze polierte Holz und Glas ansah. "Ich habe dieses Haus vor Jahren gekauft, als ich daran dachte, mehr Geschäfte in Atlanta zu machen. Ich weiß nicht, ob ich insgesamt mehr als einen Monat drin gewohnt habe."

"Wenn mir dieser Ort gehört, weiß ich nicht, ob ich jemals gehen würde", murmelte ich und schaute aus dem Hinterfenster in den üppigen Garten im Hintergrund."

"Mal sehen, ob du immer noch denkst, wenn du meine Wohnung in L.A. siehst", sagte Donovan lachend.

Er hatte ein paar Mal im Flugzeug über die Zukunft gesprochen, darüber, mich mit auf Reisen zu nehmen, um zu sehen, in welchen anderen schönen Städten er Geschäfte machte. Ich fühlte mich innerlich warm, aber da war immer noch diese Skepsis, die Frage, was wir füreinander waren und was das alles bedeuten könnte.

"Dein Kleid ist oben im Schlafzimmer", sagte er lächelnd. "Du solltest nachsehen, ob es dir passt."

Donovan folgte mir, als ich die Treppe hinaufging, und als ich das Kleid sah, das mir auf dem riesigen Bett ausgelegt worden war, keuchte ich ein wenig.

Es war ein langes Kleid aus cremefarbenem Satin mit schwarzen Nuancen. Ich konnte auf einen Blick erkennen, dass es mir gut passen würde, aber es war etwas fast schmerzhaft Scharfes, schmerzhaft Teures dabei.

"Ich kann nicht", sagte ich und wandte mich an Donovan. "Es ist zu viel."

Er trat auf mich zu, legte die Hände auf meinen Nacken und lehnte sich runter, um mich zu küssen.

"Natürlich ist es das nicht. Du musst doch gut aussehen für meine Freunde, oder?"

Das musste ich, und außerdem wusste ich, dass nichts, was ich mir selbst leisten konnte, in Frage kam. Ich fühlte mich, als sollte ich gegen die Aschenputtelbehandlung protestieren, aber es war einfach zu leicht, viel zu leicht, mich von Donovan küssen zu lassen, mich zu halten, mich mit Dingen zu überhäufen, die ihn und mich erfreuen.

Während er scih duschte und ich mich anzog, kam mir in den Sinn, dass er vielleicht nicht wusste, wie er sonst zeigen sollte, dass er jemanden mochte. Er wollte mir Geschenke machen, mir Dinge besorgen, die ich alleine nicht haben konnte, und mein Vergnügen daran war auch sein Vergnügen. Ich fragte mich mit einem Ziehen in der Brust, ob er jemals eine andere Art von Zuneigung erfahren hatte.

Als wir tagsüber in Atlanta unterwegs waren, suchte ich nach etwas, das ich ihm schenken konnte, aber alles, was ich finden konnte, war zu billig, zu blöd oder zu kitschig. Als ich das Donovan gegenüber erwähnte, lächelte er ein wenig.

"Ich habe Atlanta immer aus genau diesem Grund gemocht", sagte er. "Florida macht vielleicht mehr Spaß, aber Georgia hat tiefe, tiefe Wurzeln."

Er hatte uns in eine private Landebahn geflogen, meine erste Erfahrung mit einem Privatjet, und als wir in Georgia landeten, wartete ein schlankes, dunkles Auto auf uns.

"Wohnen wir in einem anderen Hotel?" fragte ich und er lächelte.

"Ich habe darüber nachgedacht, aber ich habe hier etwas Eigentum, das Ihnen gefallen könnte."

Das kleine Haus am Rande von Atlantas modischstem Viertel war wunderschön, umgeben von einem hohen Zaun, der mit schleichender Myrte bedeckt war, und obwohl es alle modernen Ausstattungen hatte, war klar, dass die Form des Hauses die Zeit überdauert hatte.

"Gute Knochen", sagte Donovan, als ich mir das ganze

polierte Holz und Glas ansah. "Ich habe dieses Haus vor Jahren gekauft, als ich daran dachte, mehr Geschäfte in Atlanta zu machen. Ich weiß nicht, ob ich insgesamt mehr als einen Monat drin war."

"Wenn mir dieser Ort gehört, weiß ich nicht, ob ich jemals gehen würde", murmelte ich und schaute aus dem Hinterfenster in den üppigen Garten im Hintergrund."

"Mal sehen, ob du immer noch denkst, wenn du meine Wohnung in L.A. siehst", sagte Donovan lachend.

Er hatte ein paar Mal im Flugzeug über die Zukunft gesprochen, darüber, mich mit auf Reisen zu nehmen, um zu sehen, in welchen anderen schönen Städten er Geschäfte machte. Ich fühlte mich innerlich warm, aber da war immer noch diese Vorsichtigkeit im Zentrum, die Frage, was wir füreinander waren und was das alles bedeuten könnte.

"Dein Kleid ist oben im Schlafzimmer", sagte er lächelnd. "Du solltest nachsehen, ob es dir passt."

Donovan folgte mir, als ich die Treppe hinaufging, und als ich das Kleid sah, das mir auf dem riesigen Bett ausgelegt worden war, keuchte ich ein wenig.

Es war ein langes Kleid aus cremefarbenem Satin mit schwarzen Reflexen. Ich konnte auf einen Blick erkennen, dass es zu mir passen würde.e gut, aber es war etwas fast schmerzhaft Scharfes, schmerzhaft Teures dabei.

"Ich kann nicht", sagte ich und wandte mich an Donovan. "Es ist zu viel."

Er trat auf mich zu, schröpfte meinen Nacken und lehnte sich runter, um mich zu küssen.

"Natürlich nicht. Du musst gut aussehen für meine Freunde, nicht wahr?"

Ich tat es, und außerdem wusste ich, dass nichts, was ich mir alleine leisten konnte, in Frage kam. Ich fühlte mich, als sollte ich gegen die Aschenputtelbehandlung protestieren, aber es war allzu leicht, viel zu leicht, mich von Donovan küssen zu lassen, mich zu halten, mich mit Dingen zu überhäufen, die ihn und mich erfreuten.

Es kam mir in den Sinn, als er duschte und ich mich anzog, dass er vielleicht nicht wusste, wie er sonst zeigen sollte, dass er jemanden mochte. Er wollte mir Geschenke machen, mir Dinge besorgen, die ich alleine nicht haben konnte, und mein Vergnügen daran war auch sein Vergnügen. Ich fragte mich mit einem Schmerz, ob er jemals eine andere Art von Zuneigung erfahren hatte.

Während wir tagsüber in Atlanta unterwegs waren, suchte ich nach etwas, das ich ihm geben konnte, aber alles, was ich finden konnte, war zu billig, zu blöde und zu kitschig. Alles, was ich ansah, war frustrierend, denn wenn er es hätte haben wollen, hätte er es schon vorher mitnehmen können.

Trotzdem hatte ich eine Idee im Kopf, und hoffte, dass sie funktionieren würde. Ich schrieb ein paar Dinge auf ein Blatt Papier, als er mit einer Dampfwolke aus dem Bad kam.

"Was ist das alles?" fragte er, und ich war wieder einmal erstaunt, wie gut er aussah, in ein dunkles Handtuch gehüllt, das tief auf seine Hüften hing und sein Haar von der Feuchtigkeit gekräuselt.

"Ist grad nicht wichtig", sagte ich. "Wir sollten uns beeilen. Wenn die Museumsgala um acht beginnt, sollten wir bald gehen."

Er nickte und zog mich mit einem Lächeln in seine Arme und umarmte mich. Ich rief überrascht auf und begann, wegen des Kleides zu protestieren, das er mir gegeben hatte, aber dann schaltete wieder die Magie seines Körpers ein, die Chemie, die wir hatten. Als er sich zurückzog, wusste ich, dass ich mein Make-up retten und meine Kleidung richten musste, aber ich hätte ihn das und noch mehr immer wieder tun lassen.

"So kannst du nicht rausgehen", sagte er und schaute auf

meine rosa Wangen und geröteten Lippen. "Du musst anständig aussehen, Singvogel."

Ich stöhnte und griff wieder nach meinem Make-up, und als er seine eigene Kleidung richtete, wusste ich, dass er lächelte.

～

Die Museumsgala erwies sich als weitaus beeindruckender, als Donovan sie beschrieben hatte. Das gesamte Museum war hell erleuchtet, es gab einen echten roten Teppich, und lokale Reporter waren da, die nur von einem Samtseil zurückgehalten wurden.

"Oh, ich glaube nicht, dass ich das kann", murmelte ich, und zu meiner Überraschung griff Donovan rüber, um meine Hand zu drücken. Das Lächeln auf seinem Gesicht war viel sanfter, als ich es je gesehen hatte, und er hob meine Hand zu seinen Lippen für einen fast höfischen Kuss.

" Du wirst das gut machen, Singvogel. Genaugenommen wirst du fantastisch sein."

Ich atmete mehrere Male tief durch und schaffte es, das Auto zu verlassen, ohne zu stolpern oder zu fallen. Donovan bot mir seinen Arm an und führte mich den Teppich hinunter und ich lächelte die Kameras an, als wäre ich in einer Art Märchen.

"Ich fühle mich, als würden mich alle ansehen", murmelte ich.

"Natürlich tun sie das", sagte Donovan, ebenso leise. "Sie haben noch nie eine so schöne Frau wie dich gesehen."

Seine Worte hatten zumindest den Effekt, dass ich ein wenig lachen musste.

"Jetzt weiß ich, dass du Spaß machst", sagte ich ihm und richtete mich ein wenig auf.

"Ich mag es nicht, wenn du mir in solchen Dingen widersprichst", warnte Donovan und zog mich ein wenig näher.

"Komm schon, lass uns die Runde machen, und du wirst es sehen."

Ich war mir nicht sicher, was Donovan für mich bedeutete. Ich war viel zu sehr darauf bedacht, die Leute anzulächeln, die er mir vorgestellt hatte, einen guten Eindruck zu hinterlassen, mich und Donovan nicht in Verlegenheit zu bringen, so dass ich kaum die Energie für etwas anderes hatte. Es war mir zu offensichtlich, dass dies Leute waren, die ich die meiste Zeit im Fox bediente. Sie waren mit Geld geboren oder verheiratet. Vielleicht hatten sie es sogar verdient. Aber inmitten von Luxus und Reichtum in der schönen Museumshalle fühlte ich mich wie ein verkleideter Eindringling. Wenigstens hatte Donovan dafür gesorgt, dass die Verkleidung gut war, aber ich konnte mich nicht entspannen, konnte mich nicht einen Moment lang zurückhalten.

Der unangenehmste Moment war, als Donovan wegging, um mit einem Bekannten zu reden, und ich mir selbst überlassen wurde. Ich fühlte mich wie eine bewegliche Zielscheibe in der Halle und beschloss, dass der breite Außenbereich am sichersten war. Ich atmete gerade die feuchte frische Luft mit Erleichterung ein, als es eine leichte Berührung an meinem Ellenbogen gab. Ich sprang und drehte mich um, um eine große, weidenartige Brünette mit funkelnden dunklen Augen und kastanienbraunen Haaren, dass in einem Dutt hochgesteckt war, vor mir zu sehen und mir ein Glas Wasser anbot.

"Ich habe dich da drin gesehen. Du hast ein wenig grün im Gesicht gewirkt, als du gegangen bist", sagte sie sympathisch. "Ich dachte, du könntest etwas Wasser gebrauchen."

"Oh, danke...." sagte ich und nahm das Glas erleichtert aus ihrer Hand. "Das ist sehr freundlich von dir."

Ich atmete tief durch, als sie mich mit einem leichten Lächeln im Gesicht beobachtete.

"Du siehst nicht aus, als hättest du Spaß", sagte sie, und ich lachte ein wenig.

"Oh, nein, alles in Ordnung, es ist eine wunderbare Veranstaltung, und alle waren so nett...."

Sie hob die Augenbraue, und da war etwas so Sympathisches an ihrem Blick, dass ich keinen sanften Seufzer zurückhalten konnte.

"Ich schätze, ich fühle mich heute Abend etwas überfordert. Ich kenne niemanden...."

"Man sagt, es geht nicht darum, was du weißt, sondern darum, wen du kennst. Wie auch immer, ich bin sicher, dass wir das für dich in Ordnung bringen können.... Wie ist dein Name, Süße?"

Sie war nicht viel älter als ich, aber ihr Ton war etwas Tröstliches, fast schwesterlich.

"Gwen Love."

Sie hat sich ein wenig aufgehellt.

"Oh, ich kenne Bobby und Marie Love aus Connecticut! Nette Leute. Marie und ich haben vor ein paar Jahren eine Stiftung gegründet. Bist du mit ihnen verwandt?"

"Ich bin mir ziemlich sicher, dass ich es nicht bin", sagte ich widerwillig. Ich war mir nicht ganz sicher, wie ich dieser Frau sagen sollte, dass die meisten meiner Verwandten aus Kleinstädten in Oklahoma stammten und nicht aus einem der modischen Orte, an denen sie sich wohl oft aufhielt.

"Ah, nun, es ist eine große Familie, wie ich hörte", sagte sie mit einem Achselzucken. "Aber ich bin mir sicher, dass ich dich von irgendwoher kenne...."

Bevor ich etwas sagen konnte, erschien Donovan an meiner Seite und grinste die Frau leicht an.

"Ah, Jordan. Schön, dich wiederzusehen", sagte er. "Schön wie immer."

Sie bot ihre Hand für einen Händedruck an, und ihre Augen wurden, wenn überhaupt, heller und weicher.

"Nun, Donovan, ich habe mich gefragt, wann du auftauchen würdest. Ich habe nur mit Gwen hier geplaudert...."

"Und versucht, den ganzen Schmutz über mich zu streuen", sagte er mit einem Lächeln. "Wie geht es dir, Jordan? Es tut mir leid, von deiner Scheidung zu hören...."

Sie sprachen über ein paar Dinge, bewegten sich von Thema zu Thema mit der einfachen Anmut von Menschen, die sich schon seit Jahren kennen. Donovan hielt mich mit einem Arm um meine Taille geerdet, sonst wäre ich vielleicht wieder in die warme Atlanta-Nacht abgetrieben worden. Als Jordan jemand anderen sah, mit dem sie sprechen wollte, wandte sich Donovan mit einem schiefen Grinsen an mich.

"Hast du noch alle Finger und Zehen?"

"Ähm, was?"

"Jordan DuPleiss. Sie hat Zähne und sie weiß, wie man sie benutzt."

"Ich dachte, du magst sie", sagte ich überrascht.

"Oh, das tue ich, aber selbst ihre besten Freunde werden nicht leugnen, dass die Frau ein Hai ist. Sie ist gemeiner seit ihrer Scheidung. Ich hoffe, sie hat nicht versucht, dich zu beißen."

"Sie war absolut nett", protestierte ich. "Ich bin trotzdem froh, dass du gekommen bist."

Donovans Augen wurden weicher, als er mich ansah, und seine Hand hob sich, um meinen Nacken zu berühren.

"Du siehst aus, als wäre es genug für die Nacht...."

Ich schwankte. Wenn ich eine zehnstündige Schicht auf meinen Füßen im Restaurant machen könnte, gäbe es keinen Grund, dass ich den Abend auf einer Party nicht ausklingen lassen konnte, aber Donovan hatte Recht. Ich fühlte mich wie jemand, der darum kämpfte, seinen Kopf über Wasser zu halten, und mit jedem Moment, der vorüberging, sank ich ein wenig tiefer.

"Ich will nicht, dass du etwas verpasst...."

Donovan trat ein wenig näher und schaute mir direkt in die Augen. Da war eine Kraft und ein Befehl in seinem Blick, der mein Herz höher schlagen ließ und meinen Mund austrocknete.

"Ich bitte dich nicht, mir zu sagen, was ich will oder brauche", sagte Donovan leise. "Ich bitte dich, mir zu sagen, ob du fertig bist, und zurück zum Haus willst."

Ich schluckte schwer.

"Ja," sagte ich mit leiser Stimme. "Ich möchte jetzt gerne an einem ruhigen Ort mit dir sein. Bitte."

Obwohl ich ihn dazu brachte, seine Party früh zu verlassen, kam ein leichtes Lächeln auf sein Gesicht, und er lehnte sich nach unten, um mir einen sanften Kuss zu geben, der mich mit ihm verschmelzen ließ.

"Natürlich", sagte er, und er nahm meine Hand in seine.

KAPITEL ACHT

Donovan

Gwen war ruhig auf dem Weg zurück zum Haus, ihre kleine Hand lag den ganzen Weg über auf meinem Oberschenkel. Als ich sie während der Fahrt anschaute, sah sie verträumt aus, abwesend. Ein Teil von mir genoss die Ruhe. So viele Frauen, die dort gesessen hatten, wo sie jetzt war, hatten die Luft mit Worten gefüllt und versucht, einen Köder in mir zu landen. Ein anderer Teil von mir wollte, dass sie wieder spricht. Sie war nicht laut, aber die Stille fühlte sich an wie ein seltsames Gewand an ihr.

Als wir drinnen waren, drehte ich sie mit einem leichten Lächeln zu mir und streichelte ihr eine Haarlocke aus den Augen.

" Möchtest du jetzt schlafen?" fragte ich leise. Es war ein abgenutzter Blick in ihren Augen, als ob der Abend mehr aus ihr herausgenommen hätte, als sie erwartet hatte, aber zu meiner Überraschung schüttelte sie den Kopf fest.

"Ich möchte noch nicht schlafen", sagte sie. "Ich will dir dein Geschenk geben."

Ich hob meine Augenbraue und neigte meinen Kopf zu ihr. Sie runzelte die Stirn.

"Du hast gesagt, ich könnte dir etwas besorgen...."

"Das habe ich. Ich schätze, ich bin überrascht, dass du dich erinnerst", gab ich zu.

Sie lächelte ein wenig darüber.

"Nun, ich konnte nichts finden, was ich dir kaufen könnte. Ich schätze, dass alle jene Magazinartikel Recht hatten, und Geschenke für den Mann zu kaufen, der alles hat, ist schwieriger, als ich dachte, dass es sein würde. Aber ich habe ein Geschenk für dich. Würdest du dich bitte in diesen Stuhl setzen?"

Ich setzte mich in den Sessel, auf den sie zeigte, und sah fasziniert zu, wie sie sich im Wohnzimmer herumtrieb. Zuerst entfernte sie ihr Tuch, zeigte ihre nackten Arme und ihre Kurven in diesem wunderschönen Kleid, und dann stand sie nur ein paar Meter vor mir, ihre Augen auf dem Boden.

Für einen einzigen unwiderstehlich heißen Moment dachte ich, sie würde sich ausziehen, und dann begann sie zu singen.

"I have wandered far, seeking the only star I ever knew..."

Ihre Stimme war fast durchdringend süß, perfekt kontrolliert und lieblich. Ich hatte sie natürlich schon einmal gehört, aber das war anders. Es gab eine Eigenschaft in ihrer Stimme, die einen Stein zu Tränen rühren konnte, und ich fühlte mich eingefroren, als ich ihr zuhörte. Ich konnte meine Augen nicht von ihr wegnehmen, wenn ich wollte, und es fühlte sich fast so an, als wäre mein Herz heiß und still in meiner Brust geworden.

Obwohl sie mit ganzem Herzen sang, hielt Gwen ihre Augen auf dem Boden, und selbst als ihre Melodie uns umgab, wollte ich mehr als alles andere ihre Augen sehen.

Sieh mich an, sieh mich an, dachte ich. Ich musste sie sehen. Sie war in Reichweite, aber es war etwas fast Profanes daran, sie zu berühren, als sie in diesem Zustand war. Es würde sich anfühlen, als würde man ein Meisterwerk nehmen und es auf dem Boden zerschmettern.

Stattdessen hörte ich ihre Worte über einen Vogel, der ein Mädchen zu ihrer Liebe führte, und all die Schwierigkeiten, die sie bei der Suche nach ihm hatte. Am Ende fielen sie sich in die Arme, und in diesem Moment sah Gwen zu mir auf, ihre Augen glühten, als das Lied auf dem letzten Ton nachließ und sie verstummte.

Die Stille erstreckte sich zwischen uns, und sie umklammerte ihre Hände leicht vor sich, als ob sie nervös wäre.

"Nun, ich hoffe, es hat dir gefallen", sagte sie und suchte in meinem Gesicht nach einem Zeichen der Anerkennung. "Ich habe eine Weile daran gearbeitet, aber, naja.... Ich schätze, es kam erst heute zusammen."

"Also war ich der Erste, der es hörte?"

Ich stand auf und überquerte den Boden, um vor Gwen zu stehen. Sie sah weg, aber ich berührte ihr Kinn und ließ sie wieder aufblicken.

"Gwen?"

" Das warst du", sagte sie, ihre Stimme zitterte nur ein wenig. "Ich.... ich wollte, dass du der Erste bist, der es hört. Es war für dich. In jeder Hinsicht, die zählt."

Sie zitterte ein wenig, und dann gab es nichts auf der Welt, was mich davon abhalten konnte, sie in meine Arme zu nehmen.

"Es war das beste Geschenk, das mir je jemand gemacht hat", krächzte ich und zog sie näher an mich heran. "Ich habe es geliebt." Liebe war kein Wort, das mir jemals leicht von den Lippen fiel, und das Bewusstsein verharrte, dass ich weit mehr lieben könnte als ihr schönes Geschenk, obwohl ich es mir nicht erlaubt habe, darauf einzugehen.

Ihre kleine weiche Form gegen mich gedrückt zu haben, reichte aus, um einen Schauer der Not durch meinen Körper zu schicken, und ich hob sie in meine Arme.

"Ich will dich", knurrte ich und küsste ihren Hals. "Ich kann dir nicht widerstehen...."

Sie seufzte vor Vergnügen, als ich sie küsste, und wickelte sich eng um mich.

"Ich will es nicht nur", sagte Gwen leise. "Ich brauche dich."

Im Laufe der Jahre haben Frauen die extravagantesten Dinge zu mir gesagt und versucht, mich von ihrer Hingabe zu überzeugen. Etwas an Gwens stillem Geständnis, sanft, fast ein Flüstern, stach mir ins Herz und brachte mich dazu, sie fester zu halten.

"Seltene, kostbare Schönheit", flüsterte ich und trug sie ins Schlafzimmer. Gwen atmete einen sanften Seufzer der Freude, als ich sie auf das Bett legte. Ich zögerte einen Moment. Mir gefiel es, die Führung zu übernehmen - ich sehnte mich meistens sogar danach - aber was ich jetzt am meisten wollte, war Gwen zu gefallen.

"Sag mir, was du willst", sagte ich und lächelte ein wenig, als es ihr einen Hauch von Farbe auf die Wangen brachte.

"Ich weiß nicht...." murmelte sie und ich neigte meinen Kopf zur Seite.

"Ich glaube schon", murmelte ich seidenweich. "Ich glaube, als ich das sagte, kam dir etwas in den Sinn. Warum sagst du mir nicht, was das war, mein Liebling?"

Sie schluckte, und ich konnte das Klicken ihrer trockenen Kehle hören.

"Ich will, dass du mit mir Liebe machst", sagte sie.

Gedankenlos lachte ich ein wenig über ihre antiquierte Sprache. Es war ein wenig malerisch, aber perfekt für sie. Um sie zu beruhigen, küsste ich ihren weichen Mund sanft und lief mit meinen Händen über ihre glatten Seiten, bis sie vor Vergnügen zitterte.

"Natürlich werde ich das, Liebling", murmelte ich ihr zu, und sie klammerte sich an mich und murmelte sanfte, süße Worte gegen mich. Sie sagte etwas anderes, aber ich konnte es kaum verstehen.

"Was war das, Süße?"

"Ich will dich nackt", sagte sie, ihre Stimme diesmal klarer, und die Hitze, die durch mich strömte, war intensiv. Es war berauschend zu sehen, wie sie ihrer eigenen Begierde nachging, mehr darüber zu erfahren, was sie wollte und mich darum zu bitten. Ich wollte diese besondere Art von Wissen belohnen, und mit einem Grinsen trat ich vom Bett zurück und zog mich mit bewussten Bewegungen aus. Zuerst dachte ich, dass sie nicht in der Lage sein würde, meine Augen zu treffen, geschweige denn mich anzusehen, aber ihr Blick, als ich meine Kleidung ablegte, war hungrig, bedürftig.

"Du bist sehr schön", sagte sie, und ich lachte wieder.

"Danke", schnurrte ich. "Darf ich mir die gleiche Freiheit nehmen?"

Sie fing an, ihr Kleid aufzuknöpfen, aber dann war ich da und zog sie zärtlich aus. Es war ein sanfter Gegensatz dazu, wie ich sie das erste Mal ausgezogen hatte, und sie seufzte und drückte sich in meine Hände. In wenigen Augenblicken war sie so nackt wie ich. Gwens Hände kamen hoch, um ihre Brüste zu bedecken, aber ich zog sie wieder runter.

"Ich will nicht, dass du dich vor mir versteckst", murmelte ich und drückte ihr heiße Küsse an die Kehle. "Ich will dich immer sehen...."

Sie hätte darüber diskutieren können, aber dann schloss sich meine Hand über ihre Brüste und drückte sanft, bevor ich ihre Brustwarze zum Ersteifen neckte. Sie wimmerte unter ihrem Atem, und hielt die Luft an, als sie zwischen meine eigenen Beine griff. Sie sah mich halb ängstlich an, als ob ich mich jemals davon zurückgezogen hätte.

"Hier, soll ich dir zeigen...."

Ich faltete meine Hand über ihre und streichelte ihre Handfläche entlang meines aufrechten Schafts. Mit jedem Zug wurde ich härter und voller, und ich sah, wie ihre Augen zuckten, als sie mich berührte und erregte.

"Braves Mädchen, perfektes Mädchen", brachte ich hervor. Ihre Hand auf mir zu haben, war berauschend, und zwar noch bevor sie sich zurückzog, um ihren Daumen über die seidige Flüssigkeit an der Spitze zu wirbeln.

"Ich will dich so sehr", murmelte sie, und mit einem Stöhnen griff ich zwischen ihre Beine, spreizte sie auf und schröpfte ihr Geschlecht kurz mit den Fingern an ihrem Schlitz entlang. Sie öffnete sich leicht für mich, aber als ich einen Finger in sie drückte, keuchte sie ein wenig.

"Eng?" fragte ich, und wieder errötend, nickte sie. "Möchtest du aufhören?"

Gwen zögerte, und ich berührte wieder ihr Kinn, sodass sie mich ansah. "Hab keine Angst, ehrlich zu mir zu sein."

"Ich will nicht aufhören.... aber vielleicht brauche ich es langsam?" Ihre Bitte war unsicher, und ich fühlte einen ungewohnten Zorn darüber, wer ihr gesagt haben könnte, dass sie mit dieser Information so zögerlich sein musste.

"Dann gehen wir das natürlich langsam an", sagte ich lächelnd. "Schließlich habe ich schon eine Weile darüber nachgedacht."

Gwen fing an zu fragen, was ich damit meinte, und dann wimmerte sie, als ich ihren Körper hinunter schob und auf meinem Bauch zwischen ihren Beinen ruhte. Ich öffnete sie vollständiger mit meinen Händen, und als ich den breitesten Teil meiner Zunge an ihrem Schlitz entlang lief, fuhr sie fast vor Überraschung und Lust hoch.

"Oh, Donovan!"

Ihr erschrockener Schrei war nichts außer Süße für mich, und ich kuschelte mich zwischen ihre Beine, trank ihren berauschenden Geschmack, alles von ihr wollend. Sie stöhnte, als ich ihre Klitoris mit der Spitze meiner Zunge umkreiste, und als ich meine Fingerspitze wieder in ihre Öffnung drückte, kamen ihre Hände herunter, um sich in meinen Haaren zu verheddern. Anstatt sie jedoch wegzustoßen, knurrte ich ermutigend und genoss die Darstellung ihrer Not.

Ich war erstaunt, wie schnell es ging, dass ihre Schenkel anfingen zu zittern und ihre Fersen trommelten gegen das breite Bett. Gwens Hände klammerten sich fast schmerzhaft in meine Haare, aber ich weigerte mich, weggeschoben zu werden, nicht solange sie ja, ja, ja, ja, in einem gedämpften und bedürftigen Ton keuchte.

Ihr Körper wölbte sich wie ein Bogen, zog sich für den Flug eines Pfeils fest, und dann mit einem tiefen Stöhnen, das mich tief im Bauch traf, versteifte sie sich mit einem Schrei. Für einen schönen Moment war jeder Muskel in ihrem Körper angespannt und dann, mit einem heftigen Ausruf, entspannte sie sich wieder und fiel in einem Gewirr von schlanken Gliedern auf das Bett. Sie plapperte etwas. Das meiste davon war mein Name, und für einen Moment beobachtete ich sie einfach. Ihr Genuss war schön, aber ich war noch nicht fertig.

Sie öffnete ihre Augen träge, als ich mich an ihre Seite legte. Sie rief überrascht aus, als ich sie mit einem Grinsen auf meine Hüften zog.

"Denk nicht, dass du so leicht davonkommst...."

Sie verlagerte ihr Gewicht, ich legte meine Hände um ihre Hüften und platzierte sie einfach perfekt, so dass ihre feuchte Wärme direkt über der Spitze meines Schwanzes lag. Sie wimmerte über dieses intime Gefühl, aber die Spannung, die sich durch ihren Körper zog und der strahlende Glanz in ihren

Augen sagten mir, dass sie genauso begierig auf das war, was als nächstes kam, wie ich es war.

Wir bewegten uns zusammen, und mit meinen Händen auf ihren Hüften, um sie zu führen, drückte Gwen auf meinen Schwanz und nahm mich in einem langsamen, kraftvollen Zug voll auf. Sie fühlte sich unglaublich an, so um meinen Schwanz gewickelt, aber ich konnte es nicht ertragen, dieses Vergnügen vorerst einfach zu genießen. Die ganze Zeit, in der ich sie zum Vergnügen gebracht hatte, hatte ich mich nach ihr gesehnt, und ich dachte, ich konnte nicht mehr lange warten. Meine Hände spannten sich auf ihren Hüften an, hebten sie hoch und ließen sie wieder auf mich fallen. Sie keuchte vor Überraschung über die Bewegung, aber dann bewegte sie sich mit, schob unsere Körper zusammen und brachte uns beide zum Stöhnen.

Ich hatte mich noch nie so gut gefühlt, so richtig wie mit Gwen. Ich hatte noch nie eine Frau so unschuldig berauschend erlebt, wie sie perfekt zu meinem Verlangen und meinem Appetit passte. Ich konnte nicht umhin, zu ihr aufzuschauen, als sie mich ritt. Es war etwas schön Göttliches an ihr auf mir, wie sie mir Freude bereitete und sie sich auch selbst nahm.

Die Spannung stieg in mir wie die Flut, und ich knirschte mit den Zähnen. Ich wollte nicht, dass es zu früh vorbei ist, aber ich hatte es zu lange aufgeschoben. Mit einem dumpfen Dröhnen stieß ich in sie hinein und hielt ihre Hüften fest an meine.

Gwen keuchte, ihre Nägel graben sich in meine Brust, und als sie fühlte, wie ich in ihr verschüttete, seufzte sie sanft und erschlaffte. Ich zählte meine Atemzüge, als sie auf mir lag und lauschte in einer Art Ehrfurcht, als wir Atem für Atem einander trafen.

"Gott, du bist perfekt", murmelte ich, aber von der sanften Art, wie sie auf mir atmete, dachte ich nicht einmal, dass sie es gehört hatte. Schließlich musste ich sie von mir heben, mit einem schwachen Bedauern.

"Nein, geh nicht", murmelte Gwen leise und griff nach mir, und ich schüttelte den Kopf.

"Ich bin gleich zurück, Liebling", habe ich versprochen. "Ich will mich nur gut um dich kümmern...."

Ich wusch mich schnell im Badezimmer, und dann kam ich mit einem kleinen Handtuch zurück, das in warmem Wasser getränkt war.

"Auf deinen Rücken", befahl ich ihr, und ich lächelte ein wenig, als sie einfach nachgab. Sie murmelte überrascht, als ich ihre Beine wieder auseinander zog. Es kam mir in den Sinn, dass, wenn ich sie wieder wollte, sie mich sie haben lassen würde, so erschöpft wie sie war, und dieser Gedanke weckte ein weiteres Klopfen der Begierde in meinem Körper. Ich hielt es jedoch zurück und konzentrierte mich stattdessen darauf, sie zwischen den Beinen mit dem Handtuch zu reinigen. Zuerst wandte sie sich vor Verlegenheit, aber als sie dann erkannte, wie gut es sich anfühlte, entspannte sie sich mit einem Seufzer auf dem Bett.

"Das fühlt sich so gut an", murmelte Gwen, und ich machte einen Ton der Zustimmung.

"Ich will dich immer so fühlen lassen", sagte ich ihr, und sie bot mir ein strahlendes und verschlafenes Lächeln an.

Es war die Wahrheit, wurde mir klar. Ich wollte, dass sie sich gut fühlt. Ich wollte ihr schöne Kleider anziehen und sie ihr ausziehen, ich wollte sicherstellen, dass sie alle Zeit der Welt hat, um zu singen und ihre Musik zu schreiben, solange sie mich dabei anlächelt.

Bevor ich fertig war, war sie in einen tiefen Schlaf gefallen. Ich kroch in das Bett neben ihr, und als hätten wir jahrelang nebeneinander geschlafen, kuschelte sie sich neben mich.

Kann ich sie behalten?

Der gefährliche Gedanke ging mir ungebeten durch den Kopf, obwohl ich den Gedanken, zu heiraten, längst verworfen hatte, und ich zog mich jetzt davon zurück. Ich schlief ein mit der Idee, wie sie mit mir reiste, wie ich ihr eine Wohnung gab, die sie begeistern würde, während ich sie so nah wie möglich bei mir hielt.

KAPITEL NEUN

Gwen

"Hey, pass auf!" rief ich und hielt mit aller Kraft den hohen Haufen schmutzigen Geschirrs fest. Irgendwie schaffte ich es, sie davon abzuhalten, zu Boden zu fallen, und der Busjunge schoss mir nur einen verärgerten Blick zu, als er zurück in die Küche eilte. Ich fing an, ihm nachzugehen, aber Andrea legte eine sanfte Hand auf meine Schulter.

"Zeit für eine Pause, Babe", sagte sie bestimmt. "Wir haben keinen Stress mehr und du bist überfällig."

Ich wollte ihr widersprechen, aber sie hatte Recht. Ich stellte die Teller ab und folgte ihr in den Hof, um mich zu setzen und für einen Moment aus dem Speisesaal zu gehen.

"Wie lange kellnerst du schon?" fragte sie und ich zuckte mit den Achseln.

"Seit ich fünfzehn war oder so?"

"Ja, das kommt hin. Der Punkt ist, ich kenne dich seit Jahren, und ich habe noch nie gesehen, wie du einen so üblen Fauxpas erlitten hast, wie den, der jetzt fast passiert wäre. Was ist denn los? Macht dich der mysteriöse Mann unglücklich?"

Ich errötete ein wenig. Manchmal wünschte ich mir, ich würde rauchen, nur damit ich etwas mit meinen Händen zu tun habe.

"Mir geht's gut", protestierte ich, aber sie schüttelte den Kopf.

"Schatz, es sieht für mich so aus, als hättest du Männerprobleme. Was ist das wahre Problem? Ist er verheiratet oder so?"

"Nein!" sagte ich, beleidigt, aber Andrea zuckte mit den Achseln.

"Dachte, es lohnt sich zu fragen. Es gibt nicht viele Gründe, warum du deinen Mann von uns fernhalten willst. Carly fragte sich, ob er ein Arschloch ist, aber ich glaube, dass du dafür zu schlau bist. Ich dachte, er wäre vielleicht verheiratet."

"Ist er nicht", sagte ich und schaute nach unten.

Ich war nicht in der Lage gewesen, die Tatsache, dass ich mit jemandem zusammen war, von den scharfsinnigen Frauen fernzuhalten, mit denen ich arbeitete, aber ich wusste instinktiv, dass ich ihnen nichts von dem... Arrangement erzählen sollte, das Donovan und ich irgendwie vereinbart hatten.

"Ich mach mir was aus dir", hatte er mir auf dem Rückflug nach Florida unverblümt gesagt. "Viel sogar. Aber du solltest wissen, was du bekommst, wenn du bei mir bist."

Ich hatte zugehört, wie er davon sprach, sich um mich kümmern zu wollen und Zeit mit mir zu verbringen. Aber dann warnte er mich auch davor, von ihm nicht so etwas wie eine Hochzeit zu erwarten. Er hatte mich informiert, dass wenn die Dinge enden, ich ihn nicht jagen soll! Ich war so schockiert über seine stumpfe Einschätzung unserer Beziehung, dass ich nicht wusste, was ich sagen sollte, und während ich nach den richtigen Worten gefummelt hatte, hatte er meine Hand genommen und sie leicht gedrückt.

"Ich will dich zu nichts zwingen, Gwen. Das werde ich nie.

Aber ich will dich. Ich sorge mich um dich. Ich möchte, dass du Dinge fühlst, die du dir nie vorgestellt hast. Aber es muss deine Entscheidung sein."

Er sagte dies, und es lag mir auf der Zunge, ihm zu wiedersprechen, und dass ich den Liedern, die ich sang, glaubte. Ich wollte Liebe, Leidenschaft und Romantik. Bevor ich es aber konnte, hatte ich in seine Augen geschaut und dort eine Art Verwundbarkeit gesehen, die mich schockierte. Seine Augen waren immer so dunkel, aber in diesem Moment hatte ich dort eine Art Sehnsucht bemerkt, die ich zuvor übersehen hatte.

Verlass mich nicht.

Da war mehr an Donovan dran, als er es sich anmerken ließ, und in diesem einzigen Moment hatte ich mich entschlossen, alles auf meinen Instinkt hin zu riskieren.

"In Ordnung", sagte ich. "Ich verspreche nicht, dass ich das kann, aber.... Ich will es versuchen."

Donovan sah unermesslich zufrieden aus, und als er meine Hand nahm, war etwas Siegerisches dabei.

"Gut", sagte er. "Du wirst es nicht bereuen."

In puncto romantische Erklärungen war es nicht das, wovon ich immer geträumt hatte, aber Donovan hat es auf seine Weise wieder gutgemacht. Er war verwirrt, dass ich weiterarbeiten wollte; wenn es nach ihm gegangen wäre, hätte er mich in einer der Wohnungen, die er besaß, oder sogar im Penthouse selbst untergebracht. Stattdessen bestand ich darauf, zu arbeiten, und nachts....

Ich konnte die Leidenschaft, die Donovan in mir weckte, immer noch nicht mit der Person verbinden, die ich mein ganzes Leben lang gewesen war. Er brachte mich auf Höhepunkte, von denen ich nie geträumt hatte, und als ich von meiner eigenen Reaktion erschüttert in die Welt zurückkehrte, hielt er mich mit den sanftesten Küssen, von denen ich kaum glauben konnte, dass sie vom selben Mann kamen.Als ich bei ihm war, fühlte ich mich sicher und begehrt und gepflegt und perfekt. Entfernt von ihm.... Wusste ich nicht, was ich denken sollte. Ich hatte bis eben noch nicht bemerkt, dass es offensichtlich genug wurde, sodass meine Kolleginnen und Kollegen sich Sorgen machten, und ich saß für einen Moment still da, bevor ich zu Andrea zurückkehrte.

"Mir geht es wirklich gut", sagte ich. "Ich schätze, ich hatte eine Menge zu bedenken...."

Andrea schnaubte und schüttelte den Kopf.

"Klar, das glaube ich dir. Du solltest ihn mal zeigen, mal sehen, ob er die Musterung besteht. Wenn er es nicht tut, schicken wir ihn weg."

Ich hielt ein Lachen zurück, bei dem Gedanken, wie Donovan mit dem Restaurantpersonal auf einen Drink ausging. Ich konnte mir nicht vorstellen, dass das gut ausgehen würde. Er hatte nicht von mir gefordert, unsere Beziehung geheim zu halten. Er hatte nichts dergleichen gesagt. Das war eine Forderung, die er nie gestellt hatte. Ich hatte es gerade selbst gemacht, und plötzlich fühlte ich mich mehr als ein wenig seltsam.

Es gab Dutzende von Gründen, unsere Beziehung geheim zu halten. Donovan gehörte das Hotel. Die Leute könnten eifersüchtig werden; sie könnten anfangen, alle möglichen Rückschlüsse darauf zu ziehen, was ich getan habe oder warum ich es getan habe, und das wollte ich nicht.

Hatte ich etwas falsches gemacht?

Darüber habe ich noch nachgedacht, als ich die nächste Runde der Befehle entgegennahm. Ich wollte, dass alles, was ich mit Donovan hatte, gut läuft, aber wusste ich überhaupt, wie eine gesunde Beziehung zwischen uns beiden aussehen könnte?

"Hi, ich heiße Gwen, und ich nehme heute Ihre Bestellung entgegen. Darf ich Ihnen etwas zu Trinken anbieten?"

Ich habe es jeden Tag dutzende Male gesagt, aber als ich auf die Frau herabblickte, die gerade Platz genommen hatte, spürte ich, wie die nächsten Worte in meinem Mund erstarrten.

"Oh mein Gott, Gwen", sagte Jordan. "Was zum Teufel machst du hier?"

Ihre Worte mögen freundlich gewesen sein, aber ihr Ton war positiv erfreut.

"Ich arbeite hier", sagte ich steif. Das letzte Mal, als ich diese Frau gesehen hatte, war ich mit einem Kleid bekleidet, das weit mehr kostete als meine Miete. Jetzt war ich in meiner üblichen tristen Restaurantuniform, und obwohl ich mich noch nie dafür geschämt hatte, einen anständigen Beruf auszuüben, konnte ich eine unangenehme Hitze über meine Wange prickeln spüren.

"Oh, ist das nicht entzückend", sagte sie und grinste und zeigte ihre Zähne. "Ich hatte vor, nach der Gala mit dir in Kontakt zu treten, und ich konnte dich einfach nicht aufspüren. Ich schätze, ich habe nicht daran gedacht, hier nachzusehen.... obwohl ich es vielleicht hätte tun sollen. Ich weiß, dass Donovan hier irgendwo wohnt, oder?"

" Das tut er", sagte ich automatisch und zuckte ein wenig zurück, als Jordans Lächeln noch breiter wurde. "Aber ich, ähm, sollte wirklich mit dir über die Angebote sprechen. Ich bin bei der Arbeit."

Wenn überhaupt, wurde Jordans Lächeln breiter. Sie lehnte sich in ihrem Stuhl ein wenig nach vorne, und alles, woran ich denken konnte, war eine große Katze, die sich zum Schlagen bereit machte.

"Oh, ich glaube nicht, dass du dir darüber Gedanken machen musst, oder? Wir unterhalten uns nur ein wenig, ich bin sicher, dass es dem Manager nichts ausmacht."

Ich fummelte unsicher mit meinem Block und Bleistift, und Jordan sah mich an. Ich konnte erkennen, dass sie alles aufnahm, die Uniform, das schlanke Haar, den leichten

Schweißglanz den ich hatte, weil ich den ganzen Tag auf den Beinen war.

"Meine Güte, ich hatte keine Ahnung, dass sich Donovan Freunde auf der Arbeit aufliest. Und ich dachte, du kommst von der Küste. Du weißt schon, jemand Wichtiges."

Ich hätte mich nie als wichtig bezeichnet, aber als ich ihre Ablehnung hörte, brannte es.

"Nun, du hast eine Menge Leute getäuscht", schnurrte sie. "Es war mehr als ein Herr da, der nicht wusste, dass du mit Donovan Fox zusammen warst und an einer Vorstellung interessiert war. Was werden die überrascht sein."

Sie hielt inne wie eine Katze, die gerne mit der Maus spielte.

"Und Donovan, meine Güte. Ich dachte, er wüsste es besser, als mit der Hilfe zu verkehren."

Ich hatte genug, aber nicht aus den Gründen, die Jordan dachte. Ich drehte mich auf der Ferse und raste zurück in die Küche, und den ganzen Weg zurück dachte ich überhaupt nicht an Jordan. Stattdessen dachte ich an Donovan und die Gefühle, die ich für ihn hatte. Ich war nicht das, was Jordan angedeutet hatte.... aber dann wurde mir klar, dass ich es doch irgendwie war. Ich war das Mädchen, das im Restaurant arbeitete. Ich war etwas, mit dem Donovan spielte, egal wie nett er war. Es war wahr, und Jordan war nur der Tropfen, der das Fass zum Überlaufen brachte. Es musste ein Ende haben.

"Gwen, was zum Teufel.... Geht es dir gut?"

Etwas über den verzweifelten Blick in meinem Gesicht sagte Gus, er solle nicht diskutieren, als ich zu den Spinden eilte.

"Ich bin raus, ich muss weg", sagte ich.

"Weg? Wie in - Du kündigst? " fragte er ungläubig.

"Ja....nein...." Ich schüttelte den Kopf, weil ich wusste, dass eine so schwache Antwort mir keinen Gefallen tun würde. "Ich muss einfach weg. Nur.... Weg."

Ich blieb in der Umkleidekabine, bis ich aufgehört hatte zu

zittern, und ich nahm an, dass ich schrecklich ausgesehen haben muss, weil mich niemand bedrängte. Stattdessen ließen sie mich eine Stunde oder länger sitzen, und dann konnte ich mich endlich in Straßenkleidung umziehen und meine Tasche packen, um zu gehen. Ich durchquerte das Atrium auf meinem Weg nach draußen und sah Donovan und Jordan mit einem panikartigen Schmerz am Eingang reden und lachen. Donovan hatte einige Papiere in der Hand, aber er schaute mit Vergnügen und Zuneigung auf Jordan herab. Jordan sah sehr kokett aus, als sie ihr Gesicht nach oben zu ihm neigte, und als ich zusah, berührte sie die Knöpfe auf seinem Hemd leicht mit ihren Fingerspitzen.

So sieht Donovans echtes Match aus, flüsterte mir eine kleine Stimme in den Kopf. Das ist es, was er braucht.

Ich schluckte hart, um mich vor dem Zerfall zu bewahren, und dann war ich weg. Einfach weg.

KAPITEL ZEHN

Donovan

Gwen hatte ihr Handy an diesem Nachmittag ausgeschaltet. Das hatte sie noch nie getan, und es verwirrte mich. Als ich das Restaurant anrief, sagten sie mir mit einer gewissen Schroffheit, dass sie weit früher gegangen sei, als sie es hätte tun sollen. Ich fühlte ein seltsames Kribbeln in meinem Nacken, aber ich weigerte mich, ihm Beachtung zu schenken. Natürlich ging es Gwen gut. Ich weigerte mich zu glauben, dass es etwas anderes sein könnte.

Dann tauchte sie nicht zu unserem Dinner-Date an diesem Abend auf und eine beunruhigende, unbekannte Angst lief mir über den Rücken. Ich rief sie wieder an, aber ihr Telefon war aus, und in Verzweiflung spürte ich ihre Adresse online auf und fuhr zu ihr hinüber und dachte über all die vernünftigen Dinge nach, die ich sagen wollte, egal wie wütend und besorgt sie mich gemacht hatte.

Als sie dann die Tür öffnete, mit roten Augen und schlichten Shorts und einem ausgebeulten T-Shirt, vergaß ich sie alle.

"Ich will nicht versetzt werden", sagte ich und starrte sie an, aber sie schüttelte nur stumpfsinnig den Kopf.

"Ich kann das nicht mehr", sagte sie leise. "Es tut mir leid. Ich kann nicht. Ich bin nicht das, was du von mir willst, und ich bin definitiv nicht das, wofür die Leute mich halten."

"Wovon redest du?" verlangte ich. Ich griff nach vorne, um sie zu berühren, aber sie zog sich zurück. Ich fühlte, wie ein heißer Schmerz durch mich hindurchging, und ich biss fest zu.

"Ich sage, dass es vorbei ist, glaube ich," sagte sie mit einer kleinen Stimme. "Ich kann so nicht weitermachen. Das ist.... du hast Recht. Es ist keine Romanze. Es ist etwas anderes und ich kann es nicht tun."

"Du warst damit einverstanden", sagte ich, meine Stimme dröhnte wie ein Hammer. "Wir machen es jetzt seit fast einem Monat...."

"Und jetzt ist es vorbei", sagte sie mit einem müden Achselzucken. "Es wird Zeit, dass ich in mein Leben zurückkehre und du in deins, ins Hotel, zu Jordan. Du sagtest, du würdest mich nie zwingen, und jetzt, wo ich raus will.... musst du das respektieren. Du darfst mich auch nicht jagen, Donovan."

Meine Worte in meinem Gesicht zu hören, war wie ein Eimer mit Eiswasser.

Einen Moment lang wollte ich sie anschnauzen. Zum Teufel damit. Niemand hat mir gesagt, was ich zu respektieren habe, wovor ich mich zu beugen habe. Nicht, wenn ich Gwen wie Feuer wollte, nicht, wenn etwas in mir um sie als die einzige Quelle reiner Güte und Wahrheit und Schönheit in meiner Welt rief.

"Gwen...."

"Nein...." sagte sie, ihre Stimme brach. "Ich kann das nicht tun. Ich werde das nicht tun. Du sagtest, das sei keine Romanze oder richtige Beziehung. Also ist es keine Trennung. Es ist nur ein Ende, Donovan. Du musst gehen."

Ich öffnete meinen Mund, um wieder mit ihr zu streiten, aber dann sah sie mich mit großen Augen verzweifelt an. Da wusste ich, dass ich nie etwas tun konnte, was ihr Schmerzen bereiten würde. Es war so viel Schmerz in ihrem Blick, dass es mir das Herz brach.

"Liebling...."

"Das ist nicht...." ihre Stimme riss ab und ihre Augen, schon so rot vom Weinen, glänzten wieder einmal mit ungeweinten Tränen. "Das ist nichts, wo du mir Befehle geben kannst", sagte sie leise. "Das ist.... das wahre Leben. Wir hatten einen wunderbare Fantasie, aber jetzt ist es vorbei. Ich bin fertig. Das muss ich sein."

Was sollte ich sonst noch sagen? Ich trat zurück. Ich griff nach ihr, wollte ihr Gesicht ein letztes Mal berühren, aber ich hielt mich zurück. Sie beobachtete mich mit diesen schönen Augen, und ich fragte mich, ob sie Angst hatte, dass ich sie überreden könnte, mit mir zurückzukommen. Ich räusperte mich, meine Stimme rostete unerwartet.

"Auf Wiedersehen, Gwen."

Ich ging den langen muffigen Flur ihrer Wohnung hinunter und lauschte dem Klicken der Tür, als sie sie nach mir schloss. Es kam nie, und stattdessen konnte ich ihren Blick auf meinem Rücken spüren, bis ich um die Ecke kam.

Wie in einem Nebelschleier fuhr ich zurück zum Hotel und fand mich im Penthouse wieder, denn wo sollte ich sonst auch hingehen? Der Ort war genau derselbe wie vor ein paar Stunden, als ich fröhlich erwartet hatte, dass Gwen zurückkehren würde, aber als die Sonne unterging und den Raum lange und suchende Schatten gab, nahm er eine geisterhafte Gestalt an.

Ich benahm mich lächerlich und ich wusste es. Ich stolzierte zur Bar, wo ich mir zwei Fingerbreit Whiskey in einen Glasbecher goss. Das starke rauchige Brennen brachte mich zu mir selbst zurück, aber vielleicht war das der Moment, in dem mir klar wurde, dass ich dieses Selbst nicht so sehr mochte.

Da war ein kleiner Spiegel hinter der Theke, und als ich mich darin anschaute, spürte ich eine Welle der Wut und des Ekels in mir. Ich warf das Glas mit aller Kraft auf den Spiegel. Das zerbrechende Geräusch fühlte sich nicht gut an, sondern richtig. Es war so befriedigend, dass ich nach einem weiteren Glas griff, und nachdem ich noch ein paar Fingerbreit Whiskey runtergekippt hatte, tat ich es wieder.

Ich wachte am nächsten Morgen mit einem hämmernden Kopf auf, streckte mich auf der Couch aus und war umgeben von den Trümmern meiner eigenen Idiotie. Das blasse Licht, das in das Fenster kam, sagte mir, dass es kurz nach Sonnenaufgang war, aber es gab keine Möglichkeit, wieder einzuschlafen, egal wie reizvoll sich die Bewusstlosigkeit gerade anfühlte.

Alles, was mir wichtig war, war, dass Gwen weg war und sie nicht zurückkam. Irgendwie hatte ich sie weggestoßen, und dann hatte ich sie einfach gehen lassen, ohne zu kämpfen. Ich ließ den intensiven Schmerz in mir aufsteigen, spürte all seine heißen Kanten und seine furchterregende Wut, und als er auf ein etwas funktionsfähigeres Maß abklang, atmete ich endlich.

Gwen war etwas Besonderes, und obwohl ich körperlich ohne sie leben könnte, wäre es die Hölle und am Ende wäre wahrscheinlich nicht mehr viel von mir übrig. Gwen hat mich in jeder Hinsicht besser gemacht. Ich war freundlicher um sie herum, ehrlicher, dankbarer für die Schönheit einer Welt, die mein ganzes Geld manchmal verdeckte. Obwohl ich zugegebenermaßen nicht sehr nett in dieser Flugzeugrede war. Die Erinnerung ließ meinen Bauch verkrampfen und der Alkohol flutete noch immer in meinen Adern.

Als ich gegen die Übelkeit ankämpfte, zerrte eine Erinnerung an meinen Verstand. Während dieser schrecklichen Begegnung in ihrer kleinen Wohnung hatte sie Jordan erwähnt. Warum zum Teufel sollte sie Jordan erwähnen? Jordan wohnte im Hotel, das wusste ich, aber sie hatte nicht erwähnt, dass sie Gwen getroffen hat.

Ich fühlte etwas wie Eis in meiner Brust. Es half. Es gab mir einen Platz, um die Wut und die Hitze und die Angst wegzustecken. Ich duschte mit dieser perfekten Kälte, um mich am Laufen zu halten. Ich rasierte mich, zog neue Kleider an und rief die Rezeption an, um sie wissen zu lassen, dass es im Penthouse ein großes Durcheinander gab. Ehrlich gesagt, ich war mehr Durcheinander als alles, was ich letzte Nacht zerstört hatte, aber damit konnten sie mir nicht helfen. Das konnte nur eine Person.

Ich wusste, dass diese Kälte nicht lange anhalten würde. Wenn es so wäre, könnte es ewig dauern, und ich bekam eine lebhafte Vorstellung davon, wie das Leben ohne Gwen sein könnte.

Schließlich atmete ich tief durch und griff nach meinem Handy.

"Ach, Donovan", schnurrte Jordan, ihre Stimme leise und sinnlich. Es gab eine Zeit, da hätte es mein Interesse geweckt, aber jetzt hat es mich nur noch wütend gemacht.

"Ich muss mit dir reden", knurrte ich. "Ich komme runter auf dein Zimmer."

Eine Pause.

"Nun, das ist eine schöne Überraschung."

"Halt die Klappe." Ich sagte. "Ich will Antworten."

KAPITEL ELF

Gwen

Carly besorgte mir einen Job als Kellnerin am anderen Ende der Stadt. Es war nicht so schön wie der Job im Hotel, und offen gesagt jagte mir der Besitzer Angst ein, aber am Ende des Tages war es Arbeit, und ich brauchte sie. Ich wollte nicht zurück zum Fox Hotel and Suites, nicht um alles Geld der Welt. Gus bettelte, etwas, von dem ich nie gedacht hätte, dass ich es einmal sehen würde, aber ich war nicht bereit, die Chance zu ergreifen, Donovan und Jordan zu treffen, Arm in Arm, zusammen lachend.

Obwohl ich wollte, dass Donovan glücklich ist, wusste ich, was ich ertragen konnte, und das war etwas, was ich für eine physische Unmöglichkeit hielt. Ich würde es verlieren.

Ich hatte die Dinge mit Donovan vor fast zwei Wochen beendet, aber obwohl mein Verstand es wusste, spielten mein Körper und mein Herz nicht mit. Mein Körper kribbelte noch manchmal dort, wo er mich berührt hatte. Mein Herz sprang immer noch, wenn ich einen Mann sah, der seine Größe und Haarfarbe hatte. Ich war ein Wrack, und ich konnte nicht einmal sagen, dass ich meine Lektion gelernt hatte. Irgendwo dahinter wäre ich zurückgegangen, wenn er bereit gewesen wäre, nach mir zu suchen, für mich zu kämpfen.

Aber das würde er natürlich nicht. Nicht jagen.

Mit meiner Mitbewohnerin unterwegs auf einer Konferenz verbrachte ich meinen Arbeitstag damit, davon zu träumen, nach Hause zu kommen, meine Schuhe auszuziehen und zu versuchen, den Weg zurück zu der Musik zu finden, die vorübergehend in mir eingeschlafen war.

Zumindest dachte ich, dass ich das tun würde, bevor ich zum Gebäude ging und Donovan auf den vorderen Stufen sitzend auf mich wartete. Seine Augen waren geschlossen, sein Gesicht nach oben geneigt, um die letzten Strahlen der untergehenden Sonne einzufangen, und für einen schockierenden Moment nahm ich einfach die dunklen Kreise unter seinen Augen auf, den harten Satz seines Kiefers. Dann öffnete Donovan seine Augen und sah mich an, und sein Blick war so schmerzvoll, dass ich fast weinte.

"Gwen...." sagte er, und in einem Moment stand er auf seinen Füßen und warf seine Arme um mich in einer Umarmung, die sich fast verzweifelt anfühlte.

Ich stand steif und wagte es nicht, meine Deckung fallen zu lassen. "Donovan, was machst du hier?"

"Ich bin wegen dir gekommen", sagte er und zog sich ein wenig zurück. "Gwen, ich brauche dich."

Gott, wie oft hatte ich mir vorgestellt, dass er zu mir kommt und genau das sagt, aber ich konnte es nicht tun. Nicht, wenn seine Art von Bedürfnis mich schließlich mit seiner Gleichgültigkeit töten würde.

"Donovan, ich kann das nicht nochmal machen", flüsterte ich und trat zurück. "Es tut mir leid. Bitte geh."

Donovan sah für einen Moment zerstört aus, aber dann kam ein heftiger Blick über sein Gesicht, dunkel und besitzergreifend. Als ich versuchte, mich zurückzuziehen, fiel eine Hand auf meine Schulter und die andere legte sich auf mein Gesicht und brachte meinen Blick wieder zu ihm.

"Nein. Nicht bevor du nicht gehört hast, was ich zu sagen habe. Dann werde ich gehen. Ich werde dich nie wieder sehen, wenn es das ist, was du willst, aber du musst mich jetzt hören."

Ich nickte, konnte nicht für den Kloß im Hals sprechen. Als er sah, dass ich zuhören würde, atmete Donovan tief durch.

"Ich brauche dich in meinem Leben", sagte er, seine Stimme dringend. "Als du gegangen bist, fühlte ich mich, als wäre ich auf einem Boot ohne Segel und ohne Ruder auf See gewesen. Es war leer ohne dich, und die Leere fühlte sich an, als würde sie nach oben steigen und mich verschlingen."

Er beschrieb so genau die Emotionen, die ich den ganzen Monat gefühlt hatte, dass ich nach Luft schnappte. Einmal hatte ich versucht, mich hinzusetzen und es in ein Lied zu schreiben, aber es hatte mich nur zum Weinen gebracht.

"Donovan...."

"Lass mich ausreden, bitte. Dann.... Ich nehme an, du wirst tun können, was du für richtig hältst. Ich kann dich nicht aufhalten, und wenn du denkst, dass du ohne mich glücklicher wärst, werde ich wohl einen Weg finden, damit zu leben.

Aber.... Gwen... willst du das wirklich? Wir waren gut, so gut zusammen. Du hast mir das Gefühl gegeben, wie noch nie zuvor. Ich hätte Jordan fast umgebracht, als mir klar wurde, dass sie irgendeinen Scheiß zu dir gesagt hatte. Du gehörst zu mir. Ich... Ich kann mich ändern. Ich will mich ändern, weil du es bist. Du bist die einzige Frau, für die ich je diese Gefühle hatte.

"Gwen, ich brauche dich. Nicht nur deine Stimme oder dein Körper. Alles. Dein Herz. Deine Augen. Dein Lächeln. Deine schüchterne, süße Schönheit. Gott, Gwen. Ich liebe dich. Bitte."

Der Blick auf seinem Gesicht war gequält, als er Worte sagte, von denen ich mir sicher war, dass er sie nie zuvor zu jemandem gesagt hatte. Und doch....

Ich schluckte schwer. Ich wollte ja sagen, in seine Arme fallen und ihn sich wieder um alles kümmern lassen. Ich konnte es aber nicht. Nicht mit einem Mann, der mich nicht gut genug kannte, um zu wissen, was ich wollte, einem Mann, der sich abwenden und mich einfach gehen lassen konnte.

"Ich kann nicht.... " sagte ich und begann blind davonzulaufen.

Von hinten konnte ich mehr fühlen als hören, wie Donovan tief Luft holte, und dann begann er erstaunlicherweise zu singen. Seine Stimme war leise und brüchig. Es war eine gute Stimme, aber untrainiert, und das Lied war für meinen Sopran geschrieben worden.

"She fell in love, down a deep deep well, and there was no one to tell her no..."

Ich drehte mich ungläubig um, und Donovan sang weiter, seine Stimme brach mehr als zuvor. Es war mein Lied. Mein Lied, das ich ihm einmal gesungen hatte. Er sang über die Liebe, wie ich sie sah, wie ich sie brauchte, und mit einem erstickten Schrei drehte ich mich um und warf mich in seine Arme.

"Gott sei Dank", murmelte er rau, hielt mich so fest, dass ich kaum atmen konnte, und ich das war gut so. Ich wollte nie wieder atmen ohne seine Arme um mich herum. Er küsste meine Lippen, dann meine Augen, meine Nase, meine Stirn und flüsterte: "Gott, ich liebe dich, ich liebe dich, Gwen. Es tut mir so leid. Bitte verlass mich nie wieder."

Ich blickte in seine Augen, überwältigt von den Tiefen der Wahrheit in ihnen. "Ich liebe dich auch, Donovan. So sehr. Aber diesmal muss es anders sein. Ich liebe dich bereits. Du musst mich nicht kaufen."

Er küsste mich wieder, fädelte seine Finger durch mein Haar und rieb den Daumenballen sanft über die Wangenkurve. "Das wird es sein. Denn so wahr mir Gott helfe, Gwen, wenn du wieder gehst, werde ich dich das nächste Mal jagen. Und du bist auch besser hinter mir her, wenn ich etwas Dummes mache."

Seine Augen strahlten und ich lächelte in sie hinein, lehnte mich in seinen hungrigen, leidenschaftlichen Kuss, als er mich in seine mächtigen Arme hob. "Abgemacht."

EPILOG

Gwen

Ich erkannte mich selbst kaum im Spiegel. Das strahlend weiße Kleid war fast schwerer als ich; ich sah aus wie eine Märchenprinzessin.

"Nur noch zwanzig Minuten bis zum Start", sagte mir der Hochzeitsplaner, dann schloss sich die Tür und ich war allein in der Brautumkleide. Carly und Andrea warteten draußen, hübsch angezogen in ihren Korallenkleidern, und irgendwo dahinter war Donovan.

Ich würde heute heiraten, und mein Herz sang ein Lied, von dem ich nur träumen konnte....

Ich blickte überrascht auf, als sich die Innentür öffnete, die zu einer gemeinsamen Garderobe führte. Ich dachte, es wäre wieder der Fotograf oder der Hochzeitsplaner, aber es war Donovan.

"Hallo, Singvogel", sagte er mit einem Grinsen und ging auf mich zu. Er war unanständig gut aussehend in seinem Smoking, und ich fiel in seine Arme für eine Umarmung, bevor ich mich zurückzog.

"Donovan! Was machst du hier?"

"Sie sagten, ich hätte ein paar Minuten, bevor alles beginnen würde, und es gab nur eine Person, mit der ich diese Zeit verbringen wollte. Gott, du siehst umwerfend aus."

Er lächelte so sehr, dass ich nachgab, als ich schimpfte: "Es bringt Unglück, die Braut vor der Hochzeit zu sehen...."

"Es wird nie Unglück für mich bringen, dich zu sehen", sagte Donovan zärtlich. "Ich verspreche, ich werde überrascht sein. Ich brauche dich, Gwen."

Wie immer, als ich das von ihm hörte, fiel ich in seine Arme und vergaß das Kleid, denn nichts war wichtiger als dieser Mann. Dieser Mann, den ich vor einem Jahr verloren geglaubt hatte, der zu mir zurückkam, der das letzte Jahr damit verbracht hatte, mir die Seite von ihm zu zeigen, die niemand sonst je gesehen hatte. Seine Dunkelheit blieb, die Dunkelheit, die mich anfangs so angezogen hatte, und ich würde mir nie wünschen, dass sie verschwindet. Aber es wurde jetzt auch durch Worte der Liebe und Versprechen, die er hielt, wie die Milliardärskonferenz, die er organisiert hatte, wo ich diesmal tatsächlich singen durfte, ausgeglichen. Die Konferenz, die mich auf den Weg zu einem Plattenvertrag gebracht hatte, hatte Donovan nicht für mich kaufen müssen; er hatte mich einfach mit der Welt für diesen Abend geteilt, und das war alles gewesen. Er war alles, hier, jetzt, als er mich küsste, behutsam mit dem Make-up, das so lange gedauert hatte, seine Finger auf meiner Wange glättend und in meine Augen blickend.

"Bist du sicher?", fragte er rührend ernst. "Du willst mich für immer? Weil Singvogel, ich habe nicht die Absicht, dich gehen zu lassen, sobald ich einen Ring an deinem Finger habe. Ich hätte dich vorher nicht gehen lassen, aber jetzt noch weniger."

"Ich bin sicher", versprach ich und zog ihn in einen weiteren Kuss. "Heute Abend singe ich für meinen neuen Mann."

Als Donovan sich zurückzog, war die Emotion so stark in

seinem Blick, dass ich ihn wahrscheinlich ins nächste Bett gezerrt hätte, wenn nicht eine Hochzeitsgesellschaft draußen gestanden hätte. Seine unerschrockene Anbetung hat mich immer auf jede erdenkliche Weise bewegt.

"Ich gehe besser", sagte er widerwillig und versuchte, mein Kleid zu glätten, das nur ganz leicht zerknittert war. "Triff mich am Altar in 15 Minuten?"

Ich grinste. "Ich würde es um nichts in der Welt verpassen."

"Du bist die Welt, Gwen Love", sagte er heiser. "Meine ganze Welt."

Und für den Rest unseres Lebens, von diesem Tag an, würde er mir gehören. Da war definitiv ein Lied drin, aber es wurde auf unbestimmte Zeit auf Eis gelegt, als der Mann meiner Träume mich für einen weiteren Kuss anlockte und wir die letzten Minuten vor unserer Hochzeit zusammen verbrachten. So wie wir es immer tun würden.

DAS ENDE.

Mrs. L. schreibt über kluge, schlaue Frauen und heiße, mächtige Multi-Millionäre, die sich in sie verlieben. Sie hat ihr persönliches Happyend mit ihrem Traum-Ehemann und ihrem süßen 6 Jahre alten Kind gefunden.
Im Moment arbeitet Michelle an dem nächsten Buch dieser Reihe und versucht, dem Internet fern zu bleiben.
„Danke, dass Sie eine unabhängige Autorin unterstützen. Alles was Sie tun, ob Sie eine Rezension schreiben, oder einem Bekannten erzählen, dass Ihnen dieses Buch gefallen hat, hilft mir, meinem Baby neue Windeln zu kaufen.

©Copyright 2021 Michelle L. Verlag - Alle Rechte vorbehalten.
Das Werk, einschließlich aller seiner Teile, ist urheberrechtlich geschützt. Jede Verwertung ist ohne Zustimmung des Verlages und des Autors unzulässig. Dies gilt insbesondere für die elektronische oder sonstige Vervielfältigung. Alle Rechte vorbehalten.
Der Autor behält alle Rechte, die nicht an den Verlag übertragen wurden.

❦ Erstellt mit Vellum

CPSIA information can be obtained
at www.ICGtesting.com
Printed in the USA
BVHW071338090321
602012BV00009B/1722